Mara Andeck
Wer liebt mich und wenn nicht, warum?

Weitere Titel der Autorin:
Wen küss ich und wenn ja, wie viele?

Titel in der Regel auch als E-Book erhältlich

Mara Andeck

Wer liebt mich und wenn nicht, warum?

Lilias Tagebuch

Dieser Titel ist auch als E-Book erschienen

Originalausgabe

Copyright © 2013 by Bastei Lübbe GmbH & Co. KG, Köln

Umschlaggestaltung: Christina Seitz, Berkheim
Vignetten: Carolin Nagler, München
Satz: Helmut Schaffer, Hofheim a.Ts.
Gesetzt aus der Adobe Caslon Pro
Druck und Einband: CPI – Ebner & Spiegel, Ulm
Papier: holzfrei Schleipen-Werkdruck, der Cordier Spezialpapier GmbH

Printed in Germany
ISBN 978-3-414-82364-9

5 4 3 2 1

Sie finden uns im Internet unter: www.boje-verlag.de

Für Nani und Fine

Donnerstag, 2. Juni

»Hinfallen. Aufstehen. Krönchen richten. Weitergehen.« *Das steht auf dem Brillenputztuch, das Rosalie mir heute geschenkt hat. Ich habe keine Brille. Ich habe nicht mal ein Krönchen. Trotzdem habe ich mich über das Geschenk meines Schwesterchens echt gefreut.*

22.00 Uhr Das Tuch gehört eigentlich Rosalie. Sie hat es zum fünften Geburtstag bekommen, für ihre Schielbrille. »So machen es Prinzessinnen, wenn in ihrem Leben mal was nicht klappt«, hat Mama gesagt, als Rosalie das Geschenk auspackte und die Aufschrift entzifferte.
»Das ist ein Brillentuch für Prinzessinnen«, so kam das bei der Rosine an und sie hütet das Tuch seitdem wie einen Schatz. Heute lag es nun in selbstbemaltes Geschenkpapier gewickelt auf meinem Bett, daneben fand ich einen Brief. »Liebe Lilia!«, schrieb Rosalie in ihrer Erstklässlerschrift.
»Ich scheng dir ein Gescheng, weil du traurich bist. Steg es in die Hosentasche, dann wird es besser.«
Jep. Das habe ich getan und jetzt bin ich wirklich nicht mehr »traurich«. Wenigstens fast nicht mehr. Wie auch, bei so einer Schwester.

Ja, ich war bescheuert. Ja, ich habe die Sache mit Tom vergeigt. Nein, das ist mir kein bisschen egal. Aber jetzt ist Schluss mit »traurich«, jetzt reiße ich mich zusammen, der Rosine zuliebe. Ich will ein Vorbild sein. Sie soll sich später von so was auch nicht unterkriegen lassen.

Aufstehen. Das nicht vorhandene Krönchen richten. Weitergehen. Mit einem Brillentuch für Prinzessinnen in der Tasche. Das ist ab jetzt mein Motto.

Betreff: Halbzeit
Datum: 02.06., 22:30 Uhr
Von: Tom Barker <wolfspfote@gmail.com>
An: Felix von Winning <snert@web.de>

Hey Mister X,

so, erst die gute Nachricht: Du hast drei Wochen Kur überstanden.
Die schlechte: Drei weitere hast du noch vor dir. Wenn du mich fragst, ist das definitiv zu lang. Du musst da raus!
Stell dich doch einfach mal wieder nachts auf den Flur und gib deine selbstkomponierten Songs zum Besten. So wie in der Siebten im Schullandheim, vielleicht rufen sie dann wieder deine Eltern an, damit die dich abholen.
Und wenn du das nicht für dich tust, dann tu es für mich. Ich brauch dich! Genauer: Ich brauche gerade dringend Ablenkung von Lilia, ich will nicht mehr über sie nachdenken, und du bist dafür einfach die optimale Gesellschaft. In deiner Gegenwart kann kein Mensch denken.
Ey, das ist keine Kritik, das ist ein Kompliment. Ehrlich, ich will, dass du da rauskommst. Dein kaputtes Bein kriegen wir hier auch wieder hin. Ich schieb dich auch eigenhändig mit dem Rollstuhl zur Krankengymnastik, ich schwör's.
Also, zeig dich von deiner schlechtesten Seite, damit die dich loswerden wollen!

Tom

Freitag, 3. Juni

Neue wissenschaftliche Erkenntnisse: Gestresste Frösche riechen anders als entspannte Frösche. Heuschrecken fürchten sich, wenn sie »Star Wars« sehen. Männer haben öfter Fusseln im Bauchnabel als Frauen. Und: Bauchnabelfusseln bestehen aus Körperhaaren, Kleidungsfasern und abgestorbenen Hautzellen. Sie sind meistens blaugrau.

11.30 Uhr Brrr. Wer erforscht denn so was?
Habe eben diesen Artikel in einer Zeitschrift gelesen und kann es nicht fassen. Wer kommt auf die Idee, Frösche zu stressen und dann an ihnen zu riechen? Und wer sammelt Bauchnabelfusseln, um sie unter dem Mikroskop zu untersuchen? Mal ganz abgesehen von der kranken Idee, Heuschrecken vor den Fernseher zu setzen. Gruselig!
Sehe Forschung und Wissenschaft plötzlich mit anderen Augen. Blaugraue Fusseln auch.

11.45 Uhr Mathe ist heute ausgefallen und wir hatten nach der dritten Stunde frei. Auf dem Heimweg habe ich mir diese merkwürdige Wissenschaftszeitschrift gekauft und bin gleich nach Hause geradelt, um sie zu lesen. Ich wollte ja aufstehen und weitergehen. Und Ablenkung ist dafür immer gut. Lernen, lernen, lernen, eine wissenschaftliche Karriere ansteuern. Irgendwie so mach ich jetzt weiter.

Aber das ist ja so was von heiß heute! Fühlt sich an, als wäre alle Flüssigkeit aus meinem Kopf verdampft und mein Gehirn im ausgetrockneten Schädel auf Olivengröße verschrumpelt. Mir reicht's jetzt mit Wissenschaft. Ich glaub, ich geh mit Maiken ins Freibad.

11.50 Uhr Obwohl – Freibad ... Das bedeutet braungebrannte Jungs mit nacktem Oberkörper, das heißt Balzen, das heißt Flirten und das wollte ich ja nicht mehr. Dafür bin ich nicht geschaffen, das gibt nichts als Ärger. Habe ich gerade erst erlebt, muss ich nicht noch mal haben.

11.54 Uhr Andererseits ist es wirklich heiß heute.

12.20 Uhr Bin stolz auf mich, denn ich habe einen Kompromiss gefunden. Bin zwar jetzt im Freibad, aber das Wissenschaftsmagazin ist mit dabei. Werde in regelmäßigen Abständen ins Wasser springen und zwischendurch die Nase tief in mein Heft versenken. So komme ich gar nicht auf dumme Gedanken mit Jungs und so.

12.23 Uhr Au weia. Wenn ich mich hier so umsehe, frage ich mich, ob es klug war, herzukommen. Tom, Jakob, Florian, Dana, alle sind da. Kein Wunder, bei der Hitze. Aber jetzt ist es zu spät. Ich ignoriere die einfach. Augen fest aufs Tagebuch richten und durch!

12.26 Uhr Auf dem Handtuch neben mir liegt Maiken und döst in der Sonne. Sieht sehr entspannt aus. Kein bisschen gestresst. Oder täuscht das? Ich wollte gerade an ihr schnuppern, um festzustellen, ob sie gechillt riecht, aber da hat sie mich angeknurrt. Sie sei kein Frosch, sagte sie, und ich solle sie nicht stören!

12.28 Uhr Pffff. Stören? Wobei denn? Mal ehrlich: Maiken ist faul. Eigentlich wollte sie genau wie ich ihr Leben ändern. Sie wollte es der Musik widmen und in jeder freien Minute komponieren. Aber das tut sie nicht. Liegt einfach nur so da und behauptet, sie würde meditieren. Summt nicht mal eine kleine Melodie vor sich hin. Maiken lässt sich ein bisschen gehen, finde ich. Ich bin da anders. Zum Glück. Ich halte mich an gute Vorsätze!

12.36 Uhr Hmmm. Sieht schon gemütlich aus, wie sie da liegt.

12.42 Uhr Hm. Hm. Hm.

12.43 Uhr Pah! Daran darf ich nicht mal denken. Zurück zu meiner Zeitschrift: Wissenschaftler haben herausgefunden, warum amerikanische Männer häufiger von umstürzenden Getränkeautomaten erschlagen werden als amerikanische Frauen. Das liegt daran, dass Männer öfter an den Getränkeautomaten rütteln. Wenn man die Dinger nämlich in Schräglage bringt, kommt manchmal ein Gratisgetränk heraus und Männer sind da total scharf drauf. Das weckt ihren Jagdinstinkt. Tsssss, was es alles gibt. Aber muss ich das wirklich wissen?

12.47 Uhr Nö, muss ich nicht. Wissenschaft ist schon wichtig, weil sie Klarheit ins Denken bringt, aber ich erforsche doch lieber mein eigenes Leben. Ich könnte zum Beispiel untersuchen, wie ich in diese bescheuerte Situation hier geraten bin und vor allem, wie ich wieder rauskomme. Das bringt wenigstens irgendwen weiter. Nämlich mich.
(Anmerkung 1: Wissenschaftliche Arbeiten haben immer Anmerkungen. Am besten ich gewöhne mir das jetzt auch mal an. Deswegen hier die Frage: Sollten sich Forschende selbst zum Objekt ihrer Studien machen? Bin unschlüssig. Aber warum eigentlich nicht! Ich wette, der Typ mit den Bauchnabelfusseln hat auch seine eigenen Flusen mikroskopiert. Muss mich eben ganz nüchtern und emotionslos beobachten. Bin schließlich Profi.)

12.59 Uhr Wenn man sich selbst erforschen will, gelten die gleichen Regeln wie für jede andere Forschung. Erst muss man den Ist-Zustand erheben. Dann formuliert man eine Theorie, die diesen Zustand – rein theoretisch – erklären könnte. Und anschließend macht man Experimente und stellt fest, ob die Theorie stimmt. Danach weiß man entweder, warum die Welt ist, wie sie ist, oder man braucht eine neue Theorie.
Okay. Also los.

1. Zustandsanalyse von Lilia K. (16) am Freitag, 3. Juni

Objektiv betrachtet liegt die Testperson im rosa Bikini in der Sonne, schreibt in ihr Tagebuch und futtert Gummibärchen. Ein außenstehender Betrachter könnte daraus schließen, dass es ihr bestens geht.

Gut eingeweihte Kreise wissen aber: Gerade in diesem Moment beherrschen mehrere Störfaktoren die Gedanken von Lilia K.

a) Einer davon ist Maiken, ihre Freundin, die neben ihr auf einem rotgetupften Handtuch liegt und sich tot stellt. Maiken tut zwar so, als wäre alles okay, und Lilia K. spielt mit, aber beide wissen genau: Nur ein paar Meter weiter links liegen Dana (16) und Florian (18) im Schatten einer Kastanie und halten Händchen. Im Klartext: Maiken sieht gerade durch die halbgeschlossenen Augenlider dabei zu, wie das Objekt ihrer Begierde, also Florian K. (Anmerkung 2: gleichzeitig der Bruder der Testperson Lilia K.) und eine ihrer Freundinnen (Anmerkung 3: zugleich auch eine der besten Freundinnen von Lilia K.) auf Wolke sieben schweben.
Da! Jetzt küssen sich die beiden. Maiken seufzt und presst die Augenlider zusammen. Lilia K. hatte also recht und sie ahnt: Sie muss in der nächsten Zeit den Kontakt zu ihrem Bruder und zu ihrer geliebten Freundin Dana auf ein Minimum reduzieren, um Maiken in dieser schwierigen Phase nicht allein zu lassen.
Nur – wie soll das gehen??? Sie kann den beiden ja keinen Grund nennen, das wäre nicht fair ihrer Freundin Maiken gegenüber. Boah, was für eine Sackgasse! Lilia K. fühlt sich gestresst. (Anmerkung 4: Riecht sie jetzt anders als in entspanntem Zustand? Das sollte in einer späteren Studie geklärt werden!)

b) Ein weiterer Störfaktor lagert in der Nähe des Volleyballfeldes auf der Freibadwiese. Obwohl Lilia K. den Blick auf ihr

Tagebuch richtet, weiß sie genau, dass dort ihr Exfreund Jakob mit einer aus der Neunten knutscht.
Im Prinzip ist ihr das ja total egal. *Sie* hat schließlich mit Jakob Schluss gemacht. Sie! Er kann also küssen, wen er will. (Anmerkung 5: Das war allerdings erst vorgestern. Und die Maus, der er gerade die Zunge in den Hals steckt, ist gerade mal vierzehn und hört auf den vielsagenden Spitznamen Titti. Das ist total niveaulos und sagt viel über Jakob aus. Aber Lilia K. steht da drüber. Echt!)
Trotzdem. Ein bisschen leiden könnte dieser Flachpinsel schon, findet sie. Grummel. (Anmerkung 6: Man bemerkt hier einen gewissen Widerspruch in der Argumentationskette und tatsächlich ist Lilia K. in diesem Punkt gespalten. Man kann ihre Haltung wohl so zusammenfassen: Sie regt sich nicht wirklich über das Geknutsche auf, aber es nagt schon ein bisschen an ihr, dass sie anscheinend so leicht ersetzbar ist.)

c) So. Und jetzt kommen wir zum Hauptstörfaktor: Ein paar Meter weiter Richtung Nichtschwimmerbecken hat ein gewisser Tom B. sein Handtuch ausgebreitet. Allein der Anblick seiner braungebrannten Arme treibt den Puls der Testperson in ungeahnte Höhe. Sie will in diese Arme sinken. Unbedingt. Daraus kann man schließen, dass sie diesem männlichen Wesen nicht gleichgültig gegenübersteht. Und man kann daraus weiter folgern, dass die Testperson sich selbst etwas vormacht, wenn sie behauptet, sich für männliche Wesen nicht mehr zu interessieren und ihr Leben einer wissenschaftlichen Karriere weihen zu wollen. (Anmerkung 7: Wer es seltsam findet, dass Lilia K. erst vor zwei Tagen die Beziehung zu Exfreund Jakob beendet hat und jetzt Herzrasen beim Anblick von Sandkastenfreund Tom verspürt, liegt richtig: Es ist seltsam. Das findet sogar die Testperson selbst.)

d) Und nun zu einer noch viel dringenderen Frage: Was ist mit den Gefühlen von Tom B.? Wie steht er zur Testperson?
Lilia K. weiß es nicht. Sie hat ihn zwar vor drei Tagen erst geküsst und er hat die Augen zugemacht, zurückgeküsst und gar nicht mehr damit aufgehört. Aber danach ist er auf Distanz gegangen und hat um Bedenkzeit gebeten. (Anmerkung 8: Er findet das Verhalten der Testperson nämlich ebenfalls seltsam). Jetzt will er seine Gefühle ordnen, so hat er das zumindest der Testperson mitgeteilt.
Okay. Lilia K. hat dafür Verständnis. Aber was sie überhaupt nicht versteht, ist Folgendes: Warum verbringt Tom B. diese Bedenkzeit ausgerechnet im Freibad und dann auch noch in Begleitung von Vicky-Zicky, die einen Bikini trägt, so knapp, dass man dafür in manchen Ländern ins Gefängnis kommen würde? Lilia K. fragt sich: Kann Tom B. beim Anblick dieser fleischgewordenen Barbiepuppe überhaupt nachdenken? Und weiter: Warum cremt er dieser Person gerade den Rücken ein? Ordnet das etwa seine Gefühle???

e) Und welches Spiel spielt Vicky? Sie wollte doch Jakob erobern. Aber als Lilia K. mit ihm Schluss gemacht hat, war er plötzlich überhaupt nicht mehr interessant für Vicky. Seitdem verfolgt sie Tom wie eine Katze ihre neueste Spielzeugmaus. Und er merkt es nicht! Oder merkt er es und findet es toll? Gaaah!!!!

Fazit: Lilia K. ist verliebt in Tom B., auch wenn sie es nie zugeben würde. Der aber nicht in sie. Und deswegen geht es Lilia K. gerade nicht so gut.
(Anmerkung 9: Ha! Man beachte die nüchterne, emotionslose Wortwahl bei diesem Fazit! Ich bin wirklich ein Profi!)

13.30 Uhr So. Nach dieser knallharten, objektiven Analyse brauche ich jetzt eine Theorie. Sie muss die Frage beantworten: Wie ist die Testperson Lilia K. in diese Situation geraten? Warum liebt sie erst den einen, dann plötzlich den anderen und liegt zuletzt ganz ohne männliche Begleitung im Freibad und liest Wissenschaftsartikel über Bauchnabelfusseln? Ist sie wirklich für die Liebe nicht geschaffen, wie sie behauptet, weil es so schön theatralisch klingt? Oder gibt es noch andere Gründe?

13.38 Uhr Ähm, tja, keine Ahnung.

13.40 Uhr Muss mal Maiken fragen. Vielleicht hat die eine Idee.

13.45 Uhr Boah, da hat aber jemand schlechte Laune!

Protokoll des Gesprächs zwischen Lilia K. und Maiken W.

Lilia: »Erde an Maiken, Erde an Maiken, bitte kommen!«
Maiken: »Was 'n los?«
Lilia: »Ich brauch dich! Für eine wissenschaftliche Studie!«
Maiken: »Oh, nee, BITTE nicht!«

Lilia: »Maikilein, jetzt reiß dich mal zusammen, es geht auch um dich.«

Maiken: »Noch schlimmer!«

Lilia: »Pass mal auf: Ich suche eine Theorie, die unsere Situation erklärt.«

Maiken: »Welche SITUATION bitte?«

Lilia: »Hmm, wie sage ich es am besten? Schau dich doch mal um. Da drüben liegen Dana und Flocke, da hinten Titti und Jakob, und rechts Vicky und Tom. Lauter Pärchen. So. Und jetzt wir hier. Weit und breit kein männliches Wesen. Dabei haben wir beide erst kürzlich nach streng wissenschaftlichen Kriterien um genau die Männchen gebalzt, die sich hier gerade mit anderen Weibchen abgeben. Was haben wir falsch gemacht?«

Maiken: »Das hast du doch eben selbst gesagt.«

Lilia: »Hä?«

Maiken: »Ist doch klar! Wenn es überhaupt einen Grund dafür gibt, dann kann es doch nur der sein, den du gerade genannt hast: Wir liegen hier ganz allein, *weil* wir nach rein wissenschaftlichen Kriterien gebalzt haben.«

Lilia: »Oh.«

Maiken: »Kapier's doch endlich: Deine Balztheorie – die war voll daneben.«

Lilia: »Hmpf.«

Maiken: »So balzt man nicht. Nicht als Mensch. Man verstellt sich nicht, man verbiegt sich nicht, man verhält sich nicht nach irgendeiner Theorie, wenn man jemanden für sich gewinnen will. Im Gegenteil: Wenn man jemanden finden will, der wirklich zu einem passt, muss man sich genauso benehmen, wie man ist. Logisch, oder?«

Lilia: »Pfff.«
Maiken: »Guck mal, als du noch wie du warst, da mochte Tom dich, da hat er sich in dich verliebt. Aber kaum hast du ihm was vorgespielt, nach deinen wissenschaftlichen Kriterien, da war's rum. Aus. Schluss. Vorbei.«
Lilia: »So hab ich das noch gar nicht betrachtet.«
Maiken: »Dann tu das mal.«
Lilia: »Ooookay.«
Maiken: »Und noch was, Lilia!«
Lilia: »Hm?«
Maiken: »Kann ich *bitte* so lange in Ruhe weitermeditieren? Geht das?« (Schließt die Augen, wendet sich ab.)
Lilia: »Nee, nee, nee, sooo nicht! Jetzt reden wir über dich. Wer austeilt, muss auch einstecken können. Was ist denn deiner Meinung nach bei dir falsch gelaufen? Du hast doch erst auf den letzten Metern nach meiner Theorie gebalzt, als die Sache längst entschieden war, da waren Dana und Florian schon zusammen, nur wussten wir das noch nicht. Aber davor – da warst du ganz du selbst. Und du hast Florian trotzdem nicht erobert. Ha! Das widerlegt deine Theorie.«
Maiken: »Quatsch! Das beweist sie. Florian und ich, wir passen eben nicht zusammen, so einfach ist das, und das hätte ich merken können, wenn ich mich nicht in diesen Schwachsinn reingesteigert hätte, dass man jeden Menschen gewinnen kann, wenn man nur die richtigen Tricks anwendet. Florian ist ein toller Typ, aber er hat eine Aura, die überhaupt nicht zu meiner passt. So, und jetzt will ich darüber nicht mehr reden. Jetzt will ich atmen und loslassen und meine Mitte finden. Und wenn du mich noch mal störst, bist du tot.«

Lilia: »Da hab ich aber Angst!«
Maiken: »Lil!!!«
Lilia: »Ooooooooooooooommmmmmmmmm.«
Maiken: »Ich hatte dich gewarnt.«
Lilia: »Aua. Maiken!!! Lass das. Nicht an den Füßen. Nicht! An! Den! Füßen! Waaaaaah!!! Du bist gemein. Gut. Okay, ich hör auf, ich bin jetzt still, ich laaass dich ja in Ruuuhe, das ist nicht wiiii… echt, Maiken, das ist nicht wiiiiiiiiiitzig.«
Soweit das aus dem Gedächtnis erstellte Protokoll.

13.57 Uhr Gut. Nach einigem Grübeln halte ich es für möglich, dass Maiken recht haben könnte. Vermutlich befindet sich Lilia K. in der oben geschilderten Situation, weil sie ständig Theorien formuliert und anschließend versucht, danach zu leben. Die Theorie für die aktuelle Studie über Lilia K. lautet also: Wenn Lilia K. aufhören würde, dauernd Theorien zu formulieren und stattdessen ganz sie selbst wäre, könnte sie Tom B. vielleicht zurückerobern.
Problem: Rein wissenschaftlich betrachtet sollte Lilia K. aufhören, alles rein wissenschaftlich zu betrachten. Wenn sie aber ihrer Theorie folgt, und aufhört, ständig eine Theorie zu verfolgen, dann folgt sie ja ihrer neuesten Theorie, hört also gar nicht damit auf, Theorien zu folgen.

14.15 Uhr Mir wird das zu kompliziert. Ich geh schwimmen.

14.40 Uhr Puh, kaltes Wasser klärt die Gedanken, jetzt weiß ich, was ich tun muss. Liebe oder Wissenschaft – vielleicht ist das gar nicht die Frage. Vielleicht geht ja beides.

Ich starte ein letztes Experiment. Ein allerletztes. Ich versuche noch ein einziges Mal, Tom mit Hilfe der Wissenschaft zurückzuerobern. Wenn Maiken aber recht hat und auch dieses wissenschaftliche Experiment nicht funktioniert, war's das mit Wissenschaft, und zwar endgültig. Dann kümmere ich mich um meine Aura, meditiere und werde eins mit dem Universum. Ich schwöre es!

14.55 Uhr Ha! Das ist es! Hier in meinem Heft steht was über ein »Brückenexperiment«, und das mache ich jetzt mit Tom! Stammt aus Kanada, wurde von Psychologen entwickelt und ging so: Schauplatz war ein Canyon in Kanada. Dort führte eine wackelige Hängebrücke über eine tiefe Schlucht. Und siebzig Meter weiter unten rauschte ein Fluss. Nervenkitzel! Ganz in der Nähe, aber nicht in Sichtweite, führte außerdem eine stabile Holzbrücke über diese Schlucht.
Die Psychologen ließen nun über beide Brücken männliche Testpersonen gehen. Jeweils auf halbem Weg begegneten sie dort einer hübschen Mitarbeiterin mit einem Fragebogen. Die sollte die Jungs unter einem Vorwand in ein Gespräch verwickeln und anlächeln. Und was geschah? Die Hälfte der Typen, die dabei waren, die Wackelbrücke zu bezwingen, verliebte sich in die Frau. Auf der Holzbrücke verlor dagegen nur ein Achtel der Männer Herz und Verstand an das hübsche Mädchen!
So fanden die Psychologen heraus: Wenn man sowieso schon aufgeregt ist und Herzklopfen hat, verliebt man sich viel schneller, als wenn man cool und entspannt ist. Oder noch einfacher gesagt: Wenn du willst, dass sich jemand in dich ver-

liebt, bring ihn ein bisschen in Gefahr und schenk ihm danach dein schönstes Lächeln.

15.07 Uhr Tom! Da liegt er so friedlich, tippt auf seinem Handy rum und weiß nicht, was ihm blüht!
Tut mir leid, Junge, aber das muss jetzt sein. Eine Hängebrücke gibt es hier nicht, aber ein Zehnmeterbrett. Da kletterst du jetzt hoch, springst runter, und unten stehe ich und lächele. Du weißt es noch nicht, aber das tust du gleich, denn ich werde dich dazu bringen. Mit den Waffen einer Frau. Und wenn alles klappt, habe ich zwei Fliegen mit einer Klappe geschlagen: Maiken widerlegt und Tom zurückerobert.

15.09 Uhr Ich verwette meine linke Pobacke, dass das klappt.

Absender: Tom
+4915786087865
Gesendet: 3. Juni, 14.56 Uhr

Jep, sie ist da. Mit Maiken. Liegt auf ihrem Handtuch und liest.

Absender: Felix
+4917692347682
Gesendet: 3. Juni, 14.58 Uhr

Geh hin und quatsch sie an, du Frauenversteher!!!

Absender: Tom
+4915786087865
Gesendet: 3. Juni, 15.00 Uhr

Spinnst du???

Absender: Felix
+4917692347682
Gesendet: 3. Juni, 15.03

Feigling! Übrigens: Grüß Maiken von mir!

Immer noch Freitag, 3. Juni

Falls jemand meine linke Pobacke will – bitte.
Aber bevor ich mich nun von der Wissenschaft abwende, will ich noch ein letztes Forschungsergebnis ausprobieren. Eine britische Studie behauptet: Fluchen lindert den Schmerz. Okay.
HAGELBLITZUNDDONNERKEIL!!! ICH HASSE VICKY! MÖGEN IHR ALLE ZÄHNE AUSFALLEN BIS AUF EINEN! DAMIT SIE NOCH ZAHNSCHMERZEN HABEN KANN, DIESE BRATZBIRNE!!!

20.00 Uhr Jaaa, kurzfristig bringt das was. Aber es ist keine Dauerlösung, das sehe ich ein. Also gilt jetzt: Schluss mit der Wissenschaft.

20.02 Uhr Die Sache mit dem Experiment war nix.
Erst fing ja alles ganz gut an. Ich merkte, wie Toms Blick mir folgte, als ich zum Sprungturm lief, ich habe es aus den Augenwinkeln gesehen. Ganz nach Plan kletterte ich also die Leiter hoch und wackelte dabei mit meinem rosa Bikini-Hintern. Ich wollte Toms Pulsschlag schon mal schrittweise in die Höhe treiben.
Auf der obersten Stufe zögerte ich kurz, als hätte mich der Mut

verlassen, und ließ dabei unauffällig einen meiner Ohrringe in die Ritze zwischen Sprungbrett und Geländer rutschen. Dann gab ich mir einen Ruck, nahm die letzte Stufe, trabte nach vorn, machte einen letzten Schritt in die Luft und ließ mich todesmutig in die Tiefe fallen.

Um zu begreifen, was ich da im Dienste der Wissenschaft auf mich nahm, muss man wissen, dass dies mein erster Sprung vom Zehnmeterbrett war. Und zehn Meter – das ist ganz schön weit oben, man fällt also nach dem Absprung richtig lange runter. Als ich ins Wasser platschte, tastete ich unauffällig nach, ob mein Bikini noch da war, wo er hingehörte. Alles okay. Ich tauchte prustend und schnaubend auf und schwamm zur Leiter. Aus dem Augenwinkel sah ich, wie Tom in meine Richtung blickte.

Ich humpelte zu meinem Platz zurück und sank stöhnend neben Maiken.

»Was ist denn mit dir los?«, fragte sie und sah von dem Meditationsbuch auf, in dem sie inzwischen las.

»Alles okay, das gehört nur zu meinem Experiment«, zischte ich ihr zu.

Maiken verdrehte die Augen. »Das ist doch wohl nicht wahr, oder? Du sollst den Quatsch doch lassen!«

»Ich schwöre: Das ist mein allerletzter Versuch! Wenn's nicht klappt, kannst du mir dein Yogabuch leihen. Dann werde ich Yogurette, versprochen!«

Maiken schnaubte und vertiefte sich wieder in ihre Lektüre. Ich richtete mich auf, damit Tom mich gut sehen konnte. Dann griff ich mir ans rechte Ohr. Da war nichts, das wusste ich natürlich, aber ich tat so, als würde ich jetzt erst bemerken,

dass mein Strasshänger weg war. Hektisch tastete ich mein Handtuch ab, schlug mir theatralisch an die Stirn und starrte hoch zum Sprungturm. Was ich damit pantomimisch ausdrücken wollte, war: Oje, mein Ohrring, ich habe ihn verloren, bestimmt ist er da oben. Ich war richtig gut, aber als ich zu Tom hinüberspähte, sprach der mit Vicky und beachtete meine Show überhaupt nicht.
Weiter also zum letzten Akt meiner Inszenierung. Ich strich meine Haare glatt, erhob mich und hinkte zu Tom und Vicky. »Sorry, Leute, ich störe nicht gern, aber ich habe ein Problem.« Tom sah auf. Puh! Er hat wirklich unglaublich dunkle Augen. Mokkaschokolade. Solche habe ich noch bei keinem Menschen gesehen. Hell ist an ihm nur sein Lächeln, aber in diesem Moment zeigte er es nicht. Er sah mich ernst und ruhig an. Gänsehaut!
»Dein Fuß?«, fragte er. Er hatte mich also doch beobachtet! Ich nickte. »Die alte Volleyballverletzung. Bin eben beim Sprung doof aufs Wasser geprallt. Nicht schlimm, aber ich kann damit nicht noch mal hoch auf den Turm und leider habe ich meinen Ohrring da oben verloren. Könntest du vielleicht …?«
Vicky verdrehte die Augen. »Bestimmt ist der im Becken. Geh doch mal auf Tauchgang, das geht auch mit Hinkebein.«
Ich schüttelte den Kopf. »Er muss da oben sein. Es hat geklirrt, als ich eben Anlauf genommen habe.«
»Du hast doch da hinten 'nen Bruder? Frag doch den.« Sie legte sich zurück auf ihr Handtuch, wölbte den Brustkorb und räkelte sich wie eine Katze in der Sonne.
»Oh, ja klar. Tom, wenn du das nicht machen willst, frage ich Florian.« Ich wandte mich ab und ging. Dieses Biest!

»Lilia, warte mal!« Das war Tom. »Ich hole ihn.«
Doch bevor er sich erheben konnte, war Vicky aufgesprungen. Sie rannte zum Sprungturm und kletterte wieselflink die Leiter hoch. Es dauerte ein paar Sekunden, bis ich begriff, was sie vorhatte: Diese Schlange holte meinen Ohrring, nur um mir die Tour zu vermasseln! Nur, damit Tom nichts für mich tat. Jetzt war sie oben, bückte sich und hob etwas auf. Sie schritt langsam das Sprungbrett entlang, stellte sich ganz vorn an die Spitze und hielt triumphierend einen winzigen Gegenstand in die Sonne. Meinen Ohrring.
Tom lachte, applaudierte und warf ihr eine Kusshand zu. Daraufhin poste Vicky wie ein Supermodel und warf ihre blonde Mähne schwungvoll zurück.
Das hätte sie lieber lassen sollen. Sie kippte ein bisschen zur Seite, verlor das Gleichgewicht, ruderte mit beiden Armen durch die Luft und versuchte, sich wieder zu fangen. Dabei rutschte ihr Fuß weg, sie fiel in die Tiefe und klatschte mit ihrer vollen Breitseite aufs Wasser. Dann ging sie unter.
»Aua«, sagte ich mechanisch. Ich war starr vor Schreck.
Tom nicht. Bevor ich noch den Mund zuhatte, war er aufgesprungen, zum Becken gerannt, mit einem Kopfsprung ins Wasser gesprungen und zu Vicky gekrault.
»Nichts passiert«, prustete sie, als sie auftauchte.
Sie lächelte und sank an seine Schulter. Und er hielt sie fest. Mit klopfendem Herzen, das war ja wohl ziemlich sicher. Shit! Er. Hielt. Vicky. Fest.
In meinen Ohren rauschte es und mir wurde schlecht. Aber das Leben zeigte kein Erbarmen, es ließ mir keine Atempause, sondern ging einfach weiter. Vicky kletterte aus dem Becken und

ließ sich von Tom zu ihrem Handtuch führen. Im Vorbeigehen drückte sie mir meinen Ohrring in die Hand.
»Danke«, murmelte ich, dabei hätte ich am liebsten »Miststück« gesagt.
Ich schlurfte zu Maiken zurück, die immer noch ins Lesen vertieft war, und ließ mich neben sie fallen. Der Titel ihres Buches lautete »Mit Meditation zur Liebe«. Hintendrauf sah man den Autor, einen dürren, bärtigen Typ namens Kevuti Shiva, der aussah, als würde er im wahren Leben Manfred heißen.
Als Maiken mein Gesicht sah, drückte sie mir das Buch in die Hand. Und eine CD von diesem Typ, die hatte sie auch noch in ihrem Rucksack.
Schnüff. Neues Motto: Aufstehen, Krönchen richten, Meditieren.

22.17 Uhr Na gut. Wissenschaft war gestern. Achtsamkeit und Erleuchtung, das ist die neue Lilia. Ab morgen nudele ich diese CD so oft ab, bis ich dermaßen von innen heraus leuchte, dass Tom geblendet die Augen schließt, wenn er mich sieht. Dann kann er mich noch ein bisschen anhimmeln und irgendwann erhöre ich ihn in meiner Sanftmut und Güte.

Betreff: Sag einfach nichts!
Datum: 03.06., 22:37 Uhr
Von: Tom Barker <wolfspfote@gmail.com>
An: Felix von Winning <snert@web.de>

Ey, pass mal auf! Ich hör mir ja gern Kritik an, kein Problem. Aber nicht von dir, okay? Zumindest nicht in dem Punkt. Ich weiß nämlich, in wen du verknallt bist, mir machst du nichts vor. Und du bist ja wohl auch nicht gerade ein Womanizer. Also, von dir lass ich mich nicht Feigling nennen.

Ich hab meine Gründe, Lilia nicht anzuquatschen, und das weißt du. Ich bin nicht zu schüchtern oder so. Und ich hab dir das auch schon x-mal erklärt.

Ja, ich bin total verknallt in sie. Aber irgendwas passt nicht.

Immer, wenn ich mit Lil spreche, fühlt sich das an, als hätte ich den Finger in eine Steckdose gesteckt. Flash, Stromschlag, das schon, aber hinterher bin ich auch immer total fertig.
Und wenn ich mit Vicky weg bin, fühl ich mich danach gut. Jep. So ist das. Kein gutes Zeichen, oder? Ich weiß nicht, was ich daraus machen soll.
Ich hab aber einen Plan: Ich werde Insulaner! Wenn alles klappt, packe ich in einer Woche meinen Rucksack und verschwinde in der Wildnis. Kein Witz! Herr Welter hat gestern in Bio gefragt, ob aus unserer Klasse jemand Interesse an einem Praktikum in den Pfingstferien hat. Ökologie und

Umweltschutz. Auerochsen und Wildpferde beobachten auf einer einsamen Insel in einem See. Eigentlich war das für die Elfer organisiert, aber es sind noch Plätze frei und jetzt dürfen auch ein paar aus der Zehnten mit.

Abstand und den Kopf frei kriegen – genau das brauch ich jetzt. Nur ich und ein paar Freaks und Natur. That's it. Ich muss und will allein sein, danach sehe ich vielleicht wieder klar. Und dann bist du ja auch schon wieder hier. Drück mir die Daumen, dass das klappt.

Ich häng dir an diese Mail mal das Infoblatt von Herrn Welter an, damit du die Details kennst.

So, hau rein dann bis morgen und bau keine Scheiße, ich krieg's eh raus.

Tom

Albert-Schweitzer-Gymnasium
Klassen 10 a-d, Biologie
Klaus Welter, E-Mail: welter@asg.de

Ökologisches Praktikum im Kernfach Biologie

Liebe Eltern und Schüler der zehnten Klassen,

der Arbeitsbereich Ökologische Waldbewirtschaftung der Hochschule für Forstwissenschaft sucht noch Helfer für eine Freiland-Studie. Das Projekt findet in den Pfingstferien vom 11. bis 24. Juni auf der Insel Birk im Naturschutzgebiet Waldsee statt.

Auf dieser Insel wurden Auerochsen und Wildpferde (Koniks) als Landschaftspfleger ausgewildert. Sie sollen durch naturnahe Beweidung das sensible Ökosystem ohne Eingriff des Menschen im Gleichgewicht halten. Die Studie soll den Erfolg oder Misserfolg des Projektes zwei Jahre nach Beginn dokumentieren. Dabei geht es einerseits um den Gesundheitszustand der Tiere, zum anderen um den Zustand der Weideflächen.

Die Studie war ursprünglich als Projekt für Schülerinnen und Schüler der ersten Kursstufe geplant. Da kurzfristig drei Plätze frei wurden, können nun aber auch Schüler der zehnten Klassen teilnehmen. Wer sich dafür interessiert, sollte Kenntnisse in Ökologie/Umweltschutz haben, sowie über eine gute Gesundheit, Belastbarkeit, handwerkliches Geschick und Teamgeist verfügen.

Die Kosten für Anfahrt, Unterkunft und Verpflegung werden von der Forsthochschule übernommen. Die Unterbringung auf der Insel ist allerdings sehr einfach und rustikal.

Anmeldeschluss ist Sonntag, der 5. Juni (bitte per Mail anmelden!). Sollten mehr Anmeldungen als Plätze vorliegen, entscheidet die Qualifikation der Bewerber.

Ich würde mich freuen, wenn alle Plätze vergeben werden könnten, auch wenn dieses Schreiben Sie leider sehr kurzfristig informiert. Wenn Sie noch weitere Fragen haben, können Sie mich am Wochenende per Mail erreichen.

Mit freundlichen Grüßen

Klaus Welter

Samstag, 4. Juni

Pling. Plang. Ploioioing. Ich bin leicht, ich bin frei, ich bin ganz. Mit meinem Atem strömt Liebe in mich hinein. Die Liebe ist in mir und füllt mich aus. Beim Ausatmen strömt sie zurück in die Welt. Ich liebe die Liebe. Die Liebe liebt mich. Ich umarme die Liebe, die mich umgibt. Pling. Plang. Ploioioing. Ich bin frei, ich bin leicht, ich bin – GAAAAH!!!!

10.10 Uhr Ich hasse diese CD!!!! Ich hasse, hasse, hasse sie. Ich weiß, ich sollte dieses Wort nicht hinschreiben. Nicht einmal denken sollte ich es, denn es ist nicht gut für mein Karma. Aber ich kann nicht anders. Ich hasse diese CD nun mal. Die Stimme von diesem Kevuti Shiva klingt wie Schneckenschleim. Ich möchte mir die Ohren mit Scheuerpulver schrubben, weil sie sich anhört, als würde sie Sabberspuren in meinem Gehörgang hinterlassen. Und diese grauenhafte elektronische Pling-Plang-Ploing-Musik im Hintergrund zieht mir die Plomben aus den Backenzähnen.
Wo ist die Fernbedienung? Aus! Schluss!! Stopp!!!

10.15 Uhr Puuuh! Schön, diese Stille!

Wie Maiken das aushält? Sie schwört auf diese CD! Sie sagt, die macht friedlich und ausgeglichen. Grrrr! Mich nicht!

10.18 Uhr Muss vielleicht doch erst mal das Buch zur CD lesen. Vielleicht steht da im Kleingedruckten irgendwas über Risiken und Nebenwirkungen.

10.22 Uhr Okay, ich habe den Fehler gefunden. Hier steht: Man muss sich immer erst spirituell auf eine Meditation vorbereiten, sonst wird das nix. Und vorbereiten geht so:

1. Für eine Liebes-Meditation kleidet man sich von Kopf bis Fuß in Grün, denn das ist die Farbe des Herzens.

2. Räucherstäbchen helfen einem dabei, sich spirituell zu öffnen.

3. Man verknotet die Beine zum Lotussitz, legt die Hände auf die Oberschenkel und dreht die Handinnenflächen gen Himmel. Dann formt man aus Zeigefinger und Daumen einen Kreis. Jetzt konzentriert man sich ganz auf die eigene Atmung und auf die Stimme von Kevuti. Und zum Schluss löst man sich innerlich auf und wird eins mit dem Universum oder so ähnlich.

10.35 Uhr Uäääh! Soll ich wirklich??? Das klingt so gar nicht nach mir. Außerdem habe ich nichts Grünes zum Anziehen.

10.37 Uhr Jep! Ich mach das. Ich habe es geschworen und vielleicht nützt es ja sogar was. Außerdem schreibt Kevuti: Medi-

tation verleiht den Gedanken ungeahnte Kräfte. Er behauptet, buddhistische Mönche könnten sich durch reine Konzentration sogar in kleine, vertrocknete Mumien verwandeln.
Hmmm, das will ich gar nicht. Aber geht das auch bei anderen? Dann probiere ich es mal an Vicky aus.
Okay, wo bekomme ich jetzt Räucherstäbchen her?

10.48 Uhr So! Los geht's.

Sitze im Lotus-Sitz. (Autsch. Nicht wirklich bequem.)
Trage am ganzen Körper Grün. (Brrr. Flockes alter Bademantel – nicht wirklich kleidsam.)
Habe in der Weihnachtskiste im Keller noch uralte Räucherkerzen für unser Räuchermännchen gefunden und alle gleichzeitig angezündet. (Würg. Weihrauch. Gar nicht wohlriechend!)
Werde gleich die CD starten und diese komischen Fingerkringel machen. Bin gespannt, was passiert!

11.15 Uhr Na toll. Das passiert, wenn man im Hause Kirsch meditiert:

1. Der Rauchmelder wittert Weihrauch. Er beschließt: Weihrauch ist auch Rauch.

2. Er macht seinen Job und meldet diesen Rauch, und zwar so schrill, als würde das Universum explodieren, wenn irgendjemand auf der Welt nicht erfahren würde, dass da böse, böse Räucherkerzen vor sich hin rauchen.

3. Fünf Mitglieder der Familie Kirsch stürmen ins Zimmer: vier Zweibeiner und ein Vierbeiner.

4. Mutter Kirsch: Schnuppert. Kreischt (ähnlich schrill wie der Rauchmelder). Vermutet Drogenkonsum bei ihrer Tochter.

5. Vater Kirsch: Schnuppert. Brummt beruhigend. Sagt: Marihuana riecht anders. (Woher weiß der das?) Kippt den Inhalt einer Sprudelflasche über die Räucherkerzen.

6. Bruder Florian: Flucht. Will sofort seinen Bademantel zurückhaben.

7. Schwesterchen Rosalie: Kräht, sie habe Hunger. Wird ignoriert.

8. Der Rauchmelder: Piept immer noch. Dabei raucht gar nichts mehr.

9. Hundebaby Primel: Empfindet Stress und pinkelt auf den Boden. Neben Maikens Kevuti-Shiva-Buch.

10. Das Buch: Erweist sich als sehr saugfähig.

11. Rosalie: Tröstet das Hundebaby.

12. Das Tier: Entspannt sich und setzt ein Würstchen neben die Pfütze.

12. Rosalie: Kichert. Sagt, dass sie Hunger hat. Wird ignoriert.

13. Der Rauchmelder: Piept. (Erwähnte ich das schon?)

14. Kevuti Shiva: Ist frei, leicht und ganz.

15. Ich: Bin das Gegenteil davon. Brülle: »Raus!!!! Alle raus jetzt!«

16. Die Familie: Verlässt kopfschüttelnd den Raum. Zurück bleiben zwei Pfützen (Sprudel und Hund), ein Würstchen (Hund), ein durchweichtes Buch, Kevutis Stimme und ich in einem alten grünen Bademantel.

17. Und natürlich der Rauchmelder. Er piept.

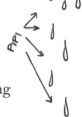

18. Kevuti Shiva: Umarmt die Liebe, die ihn umgibt. Pling Plang Ploioioing.

19. Ich: Stürme zum CD-Player. Reiße die CD aus dem Gerät. Zerbreche sie in drei Stücke. Greife nach dem feuchten Buch. Werfe es nach dem Rauchmelder.

20. Daneben. Piiiiiiiiep.

11.45 Uhr Bilanz des Vormittages: Ich wollte eine Stimme in mir erwecken, die mir den Weg zur Liebe weist. Stattdessen habe ich die Stimme des Rauchmelders erweckt und mir fast das Genick gebrochen, als ich auf meinen Drehstuhl geklettert bin, um das bescheuerte Teil wieder zum Schweigen zu bringen.

Außerdem sind Maikens Buch und ihre CD futsch. Flockes Bademantel riecht nach hohem katholischen Feiertag. Mama fragt mich dauernd, ob ich Probleme habe und Primel will mein Zimmer nicht mehr betreten. Der einzige Gewinner ist Kevuti Shiva, denn jetzt muss ich Maiken ein neues Buch und eine neue CD kaufen, und beides ist unverschämt teuer.
Um es auf den Punkt zu bringen: Ich bin pleite. Tom steht auf Vicky. Wissenschaft ist keine Lösung. Meditation auch nicht. Und ich habe keinen Plan C.
Was mach ich denn jetzt?

14.03 Uhr Nichts! Ich mache einfach nichts. Man muss ja nicht immer irgendwas machen. Vermutlich hätte die Menschheit weniger Probleme, wenn mehr Menschen öfter nichts täten. Ich bleibe heute in meinem rosa Schlafanzug, krieche wieder ins Bett und verbringe da den Rest des Tages. Da ist es schön, da ist es gemütlich, es kostet nichts und dem Rauchmelder ist es auch egal.

14.20 Uhr Gemütlich ist es wirklich, aber langweilig. Na, für solche Momente hat der liebe Gott den Fernseher erschaffen. Wie praktisch, so ein Bildschirm am Bett.

14.35 Uhr Flimmernde Fernseher üben eine magische Anziehungskraft auf kleine Schwestern aus. Rosalie hat sich eben neben mir in meine Decke eingekuschelt. Ich hab zwar ein bisschen gemotzt, aber eigentlich mag ich das. Es ist gemütlich.

15.00 Uhr Krass. Habe eben einen Beitrag über Survival ge-

sehen. Überlebenstraining in der Wildnis. Da hatten ganz normale Menschen plötzlich genug von ihrem ganz normalen Leben, ließen alles hinter sich, zogen in die Wildnis, bauten sich einen Unterschlupf und aßen Insekten und Würmer. »Für jedes Stückchen Komfort, auf das du verzichtest, bekommst du ein Stück Freiheit dazu«, hat einer gesagt.
Glaube ich nicht. Ich zum Beispiel würde mich ziemlich unfrei fühlen, wenn ich mir heute noch einen Teller Insekten und Würmer für mein Mittagessen fangen müsste.
»Warum machen die das?«, hat die Rosine gefragt und sich geschüttelt vor Graus. »Zuhause haben sie es doch viel schöner.«
»Sie wollen nicht mehr sie selbst sein, sondern jemand ganz anderes«, erklärte ich. »Und deswegen ändern sie ihr Leben.«
Sie schwieg und starrte auf den Bildschirm, auf dem gerade ein Mann versuchte, mit einem Feuerstein Funken zu schlagen.
»Du, Lillifee, was wäre, wenn ich nicht ich wäre?«, fragte sie irgendwann.
»Weiß nicht. Was glaubst du?«
»Dann wäre ich vielleicht jemand anders.«
»Vielleicht«, gab ich ihr recht. »Aber warum denkst du darüber nach?«
»Weil ich dann nicht hier wäre.«
»Doch, du könntest trotzdem hier sein«, meinte ich. »Wenn du ich wärst, könntest du das. Ich bin ja auch hier.«
»Wüsste ich dann, dass ich du bin, obwohl ich eigentlich ich bin?«, fragte sie.
»Vielleicht nicht.«
»Dann bin ich vielleicht du und du bist vielleicht ich, aber wir wissen es nicht.«

»Kann sein.« Ich sah sie an, wie sie da mit ihrer Schielbrille in meinem Bett lag und Schokolade knabberte. Sie lächelte mich an. In ihrem Gebiss fehlte unten links ein Schneidezahn. »Ich wäre eigentlich lieber du«, sagte ich zu ihr.
»Das ist auch nicht immer nur schön«, seufzte sie.

15.45 Uhr Die Rosine ist eingeschlafen und ich grübele gerade vor mich hin. Da war ein Survivaltrainer in dem Film eben, der etwas gesagt hat, das mir nicht mehr aus dem Kopf geht. Er sagte, wir Menschen seien gar nicht so verweichlicht, wie man immer denkt. Wir lebten erst seit 8000 Jahren in festen Behausungen, vorher seien wir Höhlen- oder Steppenbewohner gewesen. Und was seien in der Geschichte der Menschheit schon 8000 Jahre? Ein Wimpernschlag! Das reiche nicht, um unsere Instinkte abzutöten. Der Typ meinte, dass die noch in jedem von uns schlummern. In jedem! Und nach nur drei Tagen irgendwo fernab der Zivilisation erwachen diese uralten Instinkte angeblich zu neuem Leben. Wenn man also drei Tage lang allein in der Pampa lebt, dann träumt man anders, fühlt anders und sieht sogar anders aus. Mehr wie ein Raubtier. Man wird wieder Teil der Natur und die Instinkte erwachen.

16.00 Uhr Klappt das wirklich bei jedem? Also, mal ehrlich, ich glaube, bei Paps nicht. Wenn man den in der Wildnis aussetzen würde, würde er vermutlich ein blütenweißes Taschentuch auf dem nächsten Baumstamm ausbreiten, sich vorsichtig draufsetzen und so lange darüber nachdenken, was man in einer solchen Situation am besten tut, bis ein Raubtier kommen und ihn verspeisen würde.

Mama, ja, die könnte man bedenkenlos in der Wildnis aussetzen. Nach drei Tagen könnte sie mit den Zähnen Funken für ein Feuer schlagen und nebenher mit bloßen Händen ein paar Klapperschlangen für den Grill fangen, häuten und würzen. Und mit den Zehen würde sie Löwenzahn für den Salat rupfen. Ich glaube, Flocke kommt eher nach Mama, er ist ein echter Überlebenskünstler. Dafür ist Rosalie eher wie Paps, verträumt und weltfremd. Und ich bin irgendwo dazwischen. Aber bestimmt könnte ich meine Instinkte mit ein bisschen Training wiederbeleben und das Raubtier in mir wecken.

16.30 Uhr Hmmm. Das könnte auch helfen, wenn ich Tom erobern will. Jungs stehen auf Raubtiere! Maiken sagte ja, ich solle ganz ich selbst sein. Ganz natürlich. Ganz Natur!

16.40 Uhr Hey, das ist doch eigentlich ein guter Plan! Das mache ich. Raus aus dem Schlafanzug, rein in die Natur. Ich gehe jetzt mit Primel in den Wald und ich weiß auch schon, wohin ich gehe: dahin, wo mit Tom und mir alles angefangen und alles aufgehört hat, genau zu dem Baum, unter dem wir uns beim Klassenfest geküsst haben. Dort werde ich meine Instinkte befragen: Haben Tom und ich noch eine Chance?

Das Rosinchen soll sich hier in Ruhe ausschlafen. Sieht aus wie ein schlafendes Erdmännchen. Süß!

Betreff: Into the wild
Datum: 04.06., 15:45 Uhr
Von: Tom Barker <wolfspfote@gmail.com>
An: Felix von Winning <snert@web.de>

Yo Digga,

nein, ich weiß noch nicht sicher, ob auf der Insel ein Platz frei ist. Aber das klappt schon. Das Interesse in der Klasse war nicht besonders groß, keiner außer mir wollte auch nur ein Infoblatt mitnehmen.
Natürlich erlebst du alles live und in Farbe mit. Logo. Ich werde meine Kamera mitnehmen und alles filmen, genau wie der Survival-Man auf DMAX.
Kurz was Seltsames: Ich wollte heute mit dem Hund in den Wald, meine Uhr suchen, die ich neulich beim Klassenfest verloren hatte. Bin an Lilias Haus vorbeigeradelt und dachte, na, vielleicht will sie ja mit. Und vielleicht klärt sich was zwischen uns, wenn sie mitkommt. Halte also an und zücke das Handy. Plötzlich sehe ich sie oben in ihrem Zimmer durchs Fenster. Steht da in einem riesigen grünen Bademantel, brüllt und schmeißt ein Buch an die Decke.
Ich bin dann doch lieber allein los. War eindeutig der falsche Moment.
Habe die Uhr leider nicht gefunden und gehe gleich noch mal los. Ich will sie wiederhaben, ist ein Erinnerungsstück an meinen Opa. Und die Kamera kommt mit. Bald siehst du die ersten laufenden Bilder von
Tom

Sonntag, 5. Juni

Ich will, dass jetzt Tasmanische Tiger hier vorbeikommen. SOFORT!!! Angeblich fressen die bei ihren Beutetieren immer zuerst das Herz. Sie können meins haben, ich will es nicht mehr. Es tut weeeeeeh.

10.00 Uhr Uääääähhähäää! Ich bin so unglücklich. Ich sterrrbää.
Tom war mit Vicky im Wald? Das darf ja wohl nicht wahr sein. Was mach ich jetzt? Es hilft ein bisschen, ins Hundefell zu weinen, aber Primel hat schon ein ganz nasses Ohr.

10.15 Uhr Nachdem ich mittags diese Doku gesehen hatte, war ich gestern Nachmittag voll Tatendrang. Habe also das Fahrrad genommen und Primel in den Korb am Lenker gesetzt. Das fand sie toll. Ihre weißen Ohren flatterten im Fahrtwind und sie versuchte dauernd, mir übers Gesicht zu lecken.
Mein Fahrrad wollte ich an der Stelle parken, an der man vom Weg abbiegen muss, um quer durch den Wald zu meinem Lilia-und-Tom-Baum zu laufen. Aber als ich mein Rad da so durch den Wald schob, Primel immer noch im Korb, glitzerte plötzlich etwas von fern im Sonnenschein. Und kurz vor mei-

nem Ziel sah ich auch, was das war: Genau an der Stelle, an der ich mein Rad abstellen wollte, standen schon zwei, nämlich das Mountainbike von Tom und das silberne von Vicky. Schock!!! Und dann sah ich die beiden Turteltäubchen höchstpersönlich. Zum Glück sahen sie mich nicht.

Die beiden liefen durch den Wald. Sie lachten, redeten und alberten. Vicky war aufgebretzelt wie eine Kandidatin von *Germany's next Topmodel* und Tom filmte sie mit seiner Kamera. Sie steuerten dasselbe Ziel an, das ich angepeilt hatte: meinen Baum!

10.45 Uhr Gaaaaah!!!! Wie konnte Tom das tun? Genau an dieser Stelle haben wir uns geküsst. Er und ich. Nicht nur einfach geknutscht. G.e.k.ü.s.s.t.

Das war was Besonderes. Da gab es nur ihn und mich auf der Welt. Weiß er nicht, dass diese Stelle nur uns beiden gehört, dieser hirnamputierte Meisenknödel? Und zwar egal, wie es mit uns weitergeht?

Ich habe sofort das Rad gewendet und bin zurückgefahren.

11.00 Uhr Habe eben Maiken angerufen. Sie wollte wissen, ob sich Tom und Vicky geküsst haben. Nee, haben sie nicht.

11.20 Uhr Habe noch mal mit Maiken telefoniert. Sie wollte wissen, ob sich die beiden an den Händen gehalten haben. Nein, haben sie auch nicht.

11.33 Uhr Maiken ist da. Schnüff. Bin gerührt!

14.00 Uhr »Staphisagria«, sagte Maiken, als sie in mein Zimmer stürmte wie ein Notarzt an einen Unfallort. »Das ist es, was du jetzt brauchst.«
Erst stimmte ich zu, weil ich dachte, das wäre was mit viel Alkohol. Aber dann wedelte Maiken mit einem kleinen Fläschchen vor meiner Nase herum und es stellte sich heraus: Sie sprach von Kügelchen. Homöopathischen Kügelchen. Staphisagria ist irgendein Kraut, das in Minimal-Dosis angeblich gegen Herzeleid hilft. Unverdünnt wirkt es gegen Kopfläuse!
»Äh«, knurrte ich. »So was esse ich nicht, nicht mal verdünnt.«
»Du hast aber alle Symptome, bei denen Staphisagria hilft«, widersprach Maiken und schüttelte das Fläschchen, sodass es rasselte. Du bist launenhaft, unbeherrscht und aggressiv.«
»BIN ICH NICHT!«, brüllte ich.
»Bist du doch. Schon seit Tagen. Ich frage mich, wann du anfängst zu randalieren und irgendwas kaputtzumachen.«
Unauffällig schob ich mit dem Fuß die Bruchteile von Maikens Kevuti-CD unter mein Bett. »Okay. Ich hör auf damit. Wollen wir jetzt über was anderes reden? Wie geht's dir denn so?«
»Nö. So läuft das nicht«, sagte Maiken und verschränkte die Arme vor der Brust. »Du nimmst jetzt diese Kügelchen und danach machen wir zusammen eine kleine Übung gegen aufgestaute Wut.« Sie sprach mit mir wie eine Krankenschwester.
»Nö!«, sagte ich nun genau wie sie eben und verschränkte die Arme vor der Brust. »Ich will nicht.«
»Okay«, knurrte Maiken. »Ein Angebot: Du machst jetzt brav die Übung und dafür erzähl ich dir gleich etwas, das dich sehr interessieren wird.«

»Was denn?«
»Erst die Übung.«
»Pfff.«
»Ich werte das als Zustimmung.« Maiken räusperte sich und setzte sich aufrecht hin. »Pass auf. Es geht bei dieser Übung darum, Aggressionen abzubauen. Seit du Tom letzte Woche geküsst hast, wirst du nämlich jeden Tag wütender. Weil du alles verdrängst! Aber das bringt dich nicht weiter und deswegen gehen wir das jetzt aktiv an. Was ich vorhabe ist ein Körperritual. Dabei öffnest du dich und machst den Weg frei für neue Gedanken. Und dazu musst du stehen.«
Ich erhob mich.
»Ohne das Kissen!«
Ich legte das Kopfkissen zurück, das ich vor mein Gesicht gepresst hatte.
»Mehr Körperspannung!«
Ich zog den Bauch ein bisschen ein.
»Jetzt mach mit dem rechten Fuß einen Schritt nach vorn.«
Okay. Wenn's sein musste.
»Das war der linke!«
Fußwechsel. Auch egal.
»Und jetzt nimmst du deinen Arm und zerschneidest damit die Luft wie mit einem Schwert und dabei stößt du einen Kampfschrei aus.«
»Mäh.« Ich wedelte mit der rechten Hand ein bisschen durch die Luft.
»Lilia, wenn ich dir erzählen soll, was ich weiß, dann schrei! Übrigens: Es geht bei meiner Geschichte um einen gewissen Jemand, der dich zurzeit brennend interessiert.«

Und dann legte ich los. Aber wie! Ich zerschnitt die Luft mit einem imaginären Schwert in hauchdünne Scheibchen. Ich sprang in meinem Zimmer herum wie Rumpelstilzchen, kurz bevor es sich selbst zerriss. Ich brüllte dabei wie ein ausgehungerter Tasmanischer Tiger und zum ersten Mal seit Tagen hatte ich wieder ein bisschen Spaß.

Maiken nicht, sie war ganz blass um die Nase. Hatte wohl nicht mit der Wucht meiner Wut gerechnet.

Irgendwann siegte mein Mitleid mit ihr und ich hielt mitten in der Bewegung inne. Ich klappte den Mund zu, ließ die Arme sinken und lächelte Maiken sanft an. »Reicht das?«, säuselte ich.

Sie nickte. Dann griff sie zu dem Fläschchen mit den kleinen weißen Kugeln. Ich wollte schon ergeben meinen Mund öffnen, damit sie mir den Inhalt in den Rachen kippen konnte, aber sie hatte mich ganz vergessen. Geistesabwesend nahm sie selbst ein paar Kügelchen und schluckte sie, bevor sie das Fläschchen wieder in ihrem Rucksack verstaute.

Da fiel mir wieder ein, dass Maiken gerade auch Liebeskummer hatte, und plötzlich schämte ich mich.

Ich setzte mich neben sie auf die Bettkante und knuffte sie freundschaftlich in die Seite. Ein paar Minuten lang saßen wir einfach nur so da.

Irgendwann räusperte ich mich, meine Stimme war ganz rau von meinem Kampfgebrüll. »So, erzähl mal!«

»Rate mal, wen ich eben getroffen habe.« Maiken lächelte wie eine Sphinx.

»Du, kann ich das Intro überspringen und gleich die richtige Geschichte hören?«

»Okay. Dann eben im Schnelldurchlauf. Ich, Tom, Stadt. Er, Auerochsen, Insel. Du, ich, mit. Schnell, mail, tschüss.«
»Hä? Was?«
Und sie erklärte mir ihren Plan.

Betreff: Oscarverdächtig
Datum: 05.06., 21:22 Uhr
Von: Tom Barker <wolfspfote@gmail.com>
An: Felix von Winning <snert@web.de>

Sende dir hier meinen ersten Übungsfilm, den ich eben im Wald aufgezeichnet habe. Ist noch nicht perfekt, das Bild wackelt ziemlich, aber das wird!

So long,

Tom

Die Kamera zeigt Baumrinde. In Großaufnahme. Eine Ameise klettert über die schartige Borke. Dann wird der Bildausschnitt weiter, zeigt den Stamm, den gesamten Baum – eine Eiche – und zuletzt eine ganze Waldlichtung.
»Das«, sagt Tom aus dem Off mit unheilvoller Stimme, »ist der Wald!«
Jetzt schwenkt die Kamera nach links, man sieht Vicky, die an ihrem Fahrrad lehnt. Sie trägt Jeans und ein Glitzertop und hat die Haare zum Pferdeschwanz gebunden. Ihre Augen sind hinter einer Sonnenbrille verborgen.
»Hi, Felix!«, ruft sie und winkt.

Die Kamera schwenkt nun in die andere Richtung und zeigt einen Stapel sorgfältig geschichtetes Brennholz. Das Bild wackelt gewaltig, es klappert und raschelt, man sieht kurz wieder Vicky, danach ein paar Baumkronen und zuletzt gar nichts mehr. Jemand flucht, dann beruhigt sich das Bild wieder.
Die Kamera liegt jetzt offenbar auf dem Holzstoß von eben. Schritte rascheln durch altes Laub und neben Vicky erscheint Tom.
»Das«, ruft er fröhlich und legt den Arm um Vickys Schulter, »ist das Team!«. Beide grinsen und formen mit den Fingern ein siegesgewisses V.
Jetzt streckt Tom seinen Arm ganz dicht vor die Kameralinse. »Und hier, an meinem Handgelenk, da fehlt was. Meine Uhr. Sie ist nämlich weg, seit dem Klassenfest neulich. Das Team hat heute also eine Mission: Wir müssen sie wiederfinden, koste es, was es wolle, und wenn wir dabei draufgehen.«
»Tadadadammm!«, trötet Vicky.
Das Bild erbebt, Tom hat die Kamera wieder an sich genommen. Er erweitert den Bildausschnitt auf Weitwinkel und dreht sich langsam um seine eigene Achse. Bäume sausen durchs Bild, unendlich viele Bäume, viel zu schnell. Flirrendes Licht.
Mit düsterer Stimme spricht Tom: »Hier haben wir am Dienstag gefeiert, irgendwo in diesem Wald muss sie sein, die Uhr! Und das Team will sie finden. Dieser Kampf erscheint aussichtslos, doch er ist es nicht, denn das Team kämpft nicht allein. Da ist zum Glück noch Cassie, genannt Superdog. Die gnadenlose, unerbittliche, wilde, gefährliche Cassie. Ihrer Supernase entgeht nichts.«
»Tadadadamm«, hört man wieder Vickys Stimme.

Die Kamera bremst, schwenkt nach unten und zeigt ein zottiges braunes Hundetier, das mit den Vorderpfoten ein Loch in den weichen Waldboden gräbt. Es bohrt seine Nase in die feuchte Erde, niest, schüttelt sich und gräbt weiter. »Cassie«, ruft Tom. Die Hündin hebt den Kopf und hechelt mit erdiger Nase in die Kamera. Die Begeisterung ist ihr deutlich anzusehen – für das Mauseloch, nicht für die Uhr.
»Wild, gefährlich und unerbittlich«, wiederholt Tom dennoch.
»Das ist Cassie. Sie wird jetzt die Witterung aufnehmen und die Spur ins Unterholz verfolgen. Los, Cass, such.«
»Tadadadamm«, sagt Vicky.
Cassie buddelt weiter.
»Fortsetzung folgt!«, ruft Tom. Das Bild wird schwarz.

Betreff: Re: Oscarverdächtig
Datum: 05.06., 21:47 Uhr
Von: Felix von Winning <snert@web.de>
An: Tom Barker <wolfspfote@gmail.com>

Wieso VICKY??? Geht's noch?

cu

Felix

Betreff: Re: Oscarverdächtig
Datum: 05.06., 22:05 Uhr
Von: Felix von Winning <snert@web.de>
An: Tom Barker <wolfspfote@gmail.com>

Antworte!
Sofort!!!
Was läuft zwischen dir und Vicky? Warum war sie dabei?
Was ist mit Lilia? Und – habt ihr die Uhr gefunden????

Ich weiß, dass du on bist!!!

Betreff: Stell mir keine Fragen, dann erzähl ich keine Lügen
Datum: 05.06., 23:37 Uhr
Von: Tom Barker <wolfspfote@gmail.com>
An: Felix von Winning <snert@web.de>

Jaaaaaa. Guuuut. Ich wollte, dass du dir Fragen stellst. Ich wollte deinen Kreislauf anregen und dein Hirn auf Touren bringen. Deine Kur-Ärzte werden mir dankbar sein. Aber ich bin nicht grausam. Hier die Antworten:

Zu Frage 1: Haben wir die Uhr gefunden?
Jau.

Zu Frage 2: Warum war Vicky dabei?
Ihr Vater hat ein Metallsuchgerät. Ohne wären wir chancenlos gewesen. Ich war jetzt schon drei Mal im Wald und hab die Uhr nicht gefunden. Überall Laub!

Zu Frage 3: Was läuft zwischen mir und Vicky?
Nix.

Zu Frage 4: Was ist mit Lilia?
Falsche Frage. Ich denke darüber nach, wenn ich auf der Insel bin und ein bisschen Abstand habe.

Tja, ein paar Fragen bleiben immer, so ist das Leben.

Ciao
Tom

Montag, 6. Juni

Jep. Maikens Idee ist gut. Richtig gut. Wildnis, Wildpferde, wilde Kühe und ich. Ich gehe auf diese Insel und kämpfe dort gegen Naturgewalten. Ich bin selbst wild und gefährlich und ich sehe umwerfend dabei aus. Und er ist auch da! Tarzan und Jane waren gestern. Denn jetzt: Gibt es Lilia und Tom. Yeah!

6.00 Uhr Iiiiiiiiih! Daaaaa! Kreiiiiiiisch. Eine Spinne. Auf meinem Tiiiiisch!!!

6.05 Uhr Und einatmen. Und ausatmen. Einatmen. Ausatmen. Sooooo. Lockerlassen. Gaaaanz locker.

6.07 Uhr Puh. Schon besser. Und jetzt nachdenken. Ich. Raubtier. Instinkte. Kämpfen!

6.15 Uhr Hey, alles im Griff! Die Spinne ist weg und ich habe sie bezwungen! Ich!
Habe einfach meinen Föhn genommen und heiße Luft an ihre haarigen Beinchen gepustet. Das mochte sie nicht, da ist sie weggekrabbelt. Ich todesmutig hinterher! Mit meinem Föhn

habe ich sie durchs Zimmer gejagt, in die Ecke getrieben und schließlich aus dem Fenster gepustet.
Tschacka! Ich bin absolut tauglich für die Wildnis!

6.23 Uhr Okay, in der Wildnis gibt es vermutlich keinen Föhn. Mir doch egal. Dann nehme ich eben ein Schilfrohr und puste alle Krabbeltiere mit meinem heißen Atem weg. Ich schaff das!
Ich gehe nämlich wirklich in die Wildnis.
Maiken hat mir gestern doch noch die lange Version ihres Plans erzählt. Es ging dabei um ein Projekt, das Herr Welter uns am Freitag in Bio vorgestellt hatte. Irgendwas in den Pfingstferien auf einer Insel mit Auerochsen. Ich hab damals gar nicht richtig zugehört, weil es mich nicht interessiert hat. Aber Maiken hat gestern in der Stadt Tom getroffen und der sagte, er würde mitfahren.
»Mensch, Lil! Zwei Wochen mit Tom auf einer einsamen Insel. Das ist deine Chance! Da könnt ihr alles klären.« Maiken war ganz begeistert von ihrem Plan. »Melde dich am besten sofort an, denn das muss man heute noch tun. Schreib eine Mail an Herrn Welter, dann bist du drin. Seine Mailadresse hast du doch!«
Erst wollte ich nicht. Wildnis ist jetzt eigentlich nicht so mein Ding. Ich seh das ja ganz gern mal im Fernsehen und ein Waldspaziergang ist auch okay, aber insgesamt habe ich es lieber warm und gemütlich. Warum sollte ausgerechnet ich in der Wildnis Dinge klären können, an denen ich in der Zivilisation gescheitert bin? Das kam mir absurd vor. Außerdem waren meine Eltern gestern nicht zu Hause und ich konnte sie nicht

fragen. Aber irgendwann sagte Maiken etwas, das mich hellhörig werden ließ.
»Sieh es doch als Experiment«, murmelte sie.
»Bitte?« Ich war sicher, dass ich mich verhört hatte.
»Na, als Freilandstudie. So was machen Wissenschaftler doch auch. Sie beobachten das Leben in freier Wildbahn.«
»Wissenschaft? Ich? Das ist vorbei!«
»Ist es das?«, fragte sie.
Ich schwieg.
»Ich würde auch mitkommen, wenn du willst.« Betont beiläufig starrte sie in meine Zimmerecke, obwohl da nur eine Staubfluse lag.
»Du??? Was willst du denn bei den Auerochsen? Die Viecher können weder Gitarre spielen noch im Lotussitz Mantras summen, und Räucherstäbchen gibt es da auch nicht.«
»Och, ich könnte dir beistehen und ein bisschen in der Natur sein, trommeln, meditieren, so Zeug eben.« Sie zuckte mit den Achseln und betrachtete immer noch die Staubfluse, die wirklich gar nichts tat.
Ich sah Maiken scharf an. »Mit dir stimmt was nicht. Sag mir die Wahrheit! Öffne dich! Sonst mache ich ein Körperritual mit dir, aber hallo!«
Jetzt blickte sie auf. Sie hatte ganz traurige Augen. »Alles okay«, sagte sie. »Ich hätte nur auch gern ein bisschen Abstand zum Alltag.« Sie griff nach ihrem Rucksack und nahm noch ein paar von ihren Kügelchen.
Da habe ich sofort die Mail an Herrn Welter geschrieben.
Mit dem bisschen Natur werde ich schon irgendwie fertig. Ich kauf mir einfach ein Survival-Buch!

7.05 Uhr So, jetzt aber ab unter die Dusche. Ich fang schon gleich mal damit an, umwerfend auszusehen. Wie eine Naturgewalt!

8.00 Uhr Ähm. Naturgewalt? Naturkatastrophe traf es eher. Bin jetzt in der Schule und fühle mich, als wäre ich mit einem Tornado kollidiert. Dabei war es doch nur Tom.

8.03 Uhr Wäre ich nicht so spät dran gewesen, hätte das nicht passieren können. Aber die Klamottenfrage war heute früh ziemlich schwierig, ich wollte ja umwerfend aussehen, und so kam ich genau beim Klingeln an der Schule an.
Sah ich umwerfend aus? Keine Ahnung. Aber umgeworfen wurde ich, das steht fest. Und das kam so.
Ich schloss mein Rad ab und rannte zum Klassenzimmer. Die Tür stand offen, ich rein – und rums! Im Türrahmen knallte ich mit jemandem zusammen, der rauswollte. Tom!
Ich verlor das Gleichgewicht und wäre fast gegen den Türrahmen gedonnert, wenn er mich nicht aufgefangen hätte. Stattdessen donnerte ich gegen ihn und meine Nase bohrte sich in seine Schulter.
Die Tür wäre mir lieber gewesen.
»Tschuldigung«, murmelte ich, schob Tom auf Distanz und rieb meine schmerzende Nase. Unauffällig schielte ich auf sein blaues T-Shirt. Super. Da war ein feuchter Fleck an seinem Ärmel. Ich hatte ihn angesabbert.
»Also dann«, sagte ich und starrte auf sein Schlüsselbein, um nicht in seine Augen sehen zu müssen. Und vor allem nicht auf seinen Mund.

»Okay«, meinte er.
Das passte nicht so richtig.
Nichts passte in diesem Moment. Er nicht zu mir. Ich nicht zu ihm. Und wir beide nicht aneinander vorbei durch die Tür. Aber er machte keinen Schritt zur Seite.
»Tom«, sagte ich. Ich wollte ihn darauf aufmerksam machen, dass er mich vielleicht mal durchlassen könnte.
»Was?«, fragte er.
Boah, wie schafft er das? Diese drei blöden kleinen Buchstaben – wie kann er die nur so aussprechen? Man muss dabei sofort an seinen Mund denken und an die Art, wie er küsst. Kann der nicht normal reden? Was soll das?
»Äh. Nix.« Ich hatte vergessen, was ich sagen wollte.
»Du, ich muss dir was erzählen.« Tom klopfte mit dem Finger auf seine Armbanduhr. »Vicky und ich ...«
Oh nein, bitte erzähle mir nicht vor allen anderen von Vicky und dir, dachte ich. Darüber ist das letzte Wort sowieso noch nicht gesprochen. »Später«, unterbrach ich ihn. »Es hat schon geklingelt.« Tom trat einen Schritt zur Seite, ich drängelte mich an ihm vorbei und war weg.

8.15 Uhr Wir haben Mathe. Glaube ich zumindest. Das da vorne ist auf jeden Fall Herr Müller, unser Mathelehrer. Aber was er sagt, klingt nicht nach Algebra und auch nicht nach Geometrie, das find ich ein bisschen komisch. Er hört sich an wie ein Handy im Sendeloch.
»Second, prgrm, dann bin und enter.«
Wenn er ein Handy wäre, würde ich ihn jetzt ausschalten und noch mal neu starten, aber das geht bei ihm nicht.

»Nicht Oct!«, ruft er gerade. »Bin! Neben Hex! Nein, ich sagte nicht Dec. Ich sagte Hex! Hex! Hex!«
Irgendetwas stimmt nicht mit ihm.

8.22 Uhr Ach so. Herr Müller erklärt uns gerade die Bedienung unseres neuen Taschenrechners! Okay, ich gebe es zu, mit ihm ist alles in Ordnung, mit mir stimmt was nicht. Ich bin unkonzentriert. Ich benötige gerade all meine Kraft, um Tom zu übersehen, der mir genau gegenüber sitzt und mich die ganze Zeit ansieht. Er starrt mich an, als wolle er etwas herausfinden, und wenn sich unsere Blicke treffen, ist das jedes Mal so ein Gefühl, als würde ich mit dem Stuhl kippeln und ein bisschen zu weit nach hinten geraten. Ich meine diese Schrecksekunde, in der man automatisch die Arme hochreißt, damit man nicht umfällt.
Zum Glück hat Maiken mich zu dieser Inselsache überredet. Tom und ich, wir müssen das klären. Seine Augen wollen mir was sagen und ich will es hören. Und ich will ihn küssen. Nicht knutschen. K.Ü.S.S.E.N.
Huch. Eben wäre er fast mit dem Stuhl umgekippt.

11.35 Uhr Das gibt's doch nicht! Drei Plätze gab es für das Praktikum noch und am Freitag wollte keiner mit. Aber heute hat Herr Welter plötzlich vier Anmeldungen. Vier!!! Gibt' s da Freibier, oder was ist los?
Tom. Ich. Maiken. Das sind drei. Ich wüsste ja zu gern, wer Nummer vier ist. Irgendwie hab ich da einen Verdacht! Fängt dieser Name vielleicht mit »V« an und hört mit »icky« auf? Aber egal, wer es ist, ich werde ihn oder sie rauskicken. Ich muss die

Sache mit Tom regeln, das ist wichtiger als alles andere auf der Welt. ICH WILL DAS!!!
Jetzt soll ein Auswahlverfahren klären, wer mitdarf. Am Dienstag in der ersten Stunde soll jeder Bewerber eine kurze Rede halten, in der er begründet, warum er teilnehmen will, und Herr Welter entscheidet danach, wer zu den Auserwählten gehört. Wir sollen uns selbst so eine Art Forschungsvorhaben für unsere Zeit auf der Insel ausdenken und wenn wir Glück haben, dürfen wir ungefähr so etwas auch wirklich erforschen.

14.30 Uhr Gaaah! Bin wieder zu Hause und als ich eben auf die Toilette wollte, saß da ein winziger Gnom mit Schirmmütze und runtergelassener Latzhose und schrie »Tür zu!«.
Auf der Treppe stolperte ich fast über einen zweiten Winzling, der auf dem Hosenboden die Stufen herunterrutschte. Bin sofort in mein Zimmer geflohen, habe aber die Tür offen gelassen, um aus sicherer Entfernung zu beobachten, was da draußen abgeht.
Den größeren von den beiden kenne ich, das ist Niklas, Rosalies Klassenkamerad, dem sie erst vor ein paar Tagen die Ehe versprochen hat. Gerade pumpt er im Flur mit großem Getöse eine Luftmatratze auf. Der kleinere ist, wie ich eben von Rosalie erfuhr, Niklas' jüngerer Bruder Ben, ein laufender Meter mit einer Stimme, die wie Nadeln in mein Trommelfell sticht, so hoch und schrill ist sie.
Bens Luftmatratze liegt schon fix und fertig aufgepustet vor ihm, aber irgendetwas daran scheint ihm nicht zu gefallen. Ach so, es ist die Farbe. Er will eine grüne, wir haben aber nur rote und blaue. Klar, da muss man schreien.

Primel findet die Luftpumpe bedrohlich und kläfft. Man versteht kaum sein eigenes Wort.

14.45 Uhr »Lilia, bringst du den Jungs bitte Handtücher?«, rief Mama mir eben zu, als sie an meiner Zimmertür vorbeihastete.
»Ich brauch keins, ich bleib doch nur zwei Wochen«, krähte Niklas.
Mama und ich wurden beide blass, aber aus unterschiedlichen Gründen.
»Wie – du brauchst kein Handtuch!?«, fragte Mama.
»Wie – du bleibst zwei Wochen?!«, ächzte ich.

15.00 Uhr Es stimmt. Die beiden Jungs sollen zwei Wochen lang bei uns wohnen. Katharina, ihre Mutter, hat sich heute Mittag das Bein gebrochen und muss operiert werden, und ihr Mann ist auf einer Dienstreise in Venezuela, da hat Mama die beiden Jungs aufgenommen. Weil sie Katharina mag.
»Ähm, warte mal!«, sagte ich, als Paps mir die Zusammenhänge erklärte. »Wenn ich mich richtig erinnere, reist Mama in drei Tagen ab, zu ihrem Stipendium, und du bist drei Monate lang alleinerziehender Strohwitwer.«
»Stimmt.« Er seufzte. »Aber keine Sorge, du und ich, wir schaffen das.«
Tja. Vielleicht war das kein günstiger Moment, um ihm von meiner Abreise am Samstag zu erzählen. Aber wann, wenn nicht jetzt? Und damit es ein bisschen dringender klang, habe ich ein kleines Detail weggelassen. Ich habe nicht erwähnt, dass das noch gar nicht sicher ist.

15.20 Uhr Oh, oh. Familienkonferenz. Mama, Papa, ich. In einer halben Stunde. Ich wittere Stress.

16.10 Uhr Das war heftig, und wer gewonnen hat, ist noch offen. Ich sitze hier in meinem Zimmer und warte auf die höchstelterliche Entscheidung, ob ich nun auf die Insel mitfahren darf oder nicht. Dabei steht für mich längst fest: Ich fahre mit. Die wissen es nur noch nicht, aber wenn sie gleich ein Nein verkünden, gebe ich nicht nach, dann geht die Diskussion in die nächste Runde.
So. Hier mal eine Kurzzusammenfassung des Gesprächs eben:

Mama (schrill): »Ein Praktikum? Auerochsen? Meine Güte, Lilia, *muss* das sein?«
Ich: »Ja.«
Mama: »Warum ausgerechnet jetzt? Kannst du das nicht auch nächstes Jahr machen?«
Ich: »Das Praktikum findet eben genau jetzt statt. Nächstes Jahr wird es nicht angeboten. Außerdem braucht ihr mich dann bestimmt auch wieder für irgendeinen Mist. Ihr braucht mich doch immer. Ich bin euer Joker. Wenn keiner da ist und keiner was machen will, dann habt ihr ja immer noch – LILIA, die eierlegende Wollmilchsau.«
Papa: »Jetzt bleib bitte mal sachlich. Warum sagst du uns das denn erst jetzt?«
Ich: »Weil ich es jetzt erst weiß.«
Mama: »Wie stellst du dir das überhaupt vor?«
Ich: »Schön. Ich stelle es mir schön vor.«
Mama: »Nein, wie stellst du dir das hier zu Hause vor?«

Ich: »Ist das nicht eher euer Problem?«
Mama: »Eine Familie ist ein Team, da muss man zusammenhalten, besonders in Notfällen.«
Ich: »Hmmm. Definiere Team. Und definiere Notfall.«
Mama (überdeutlich artikulierend): »Das mit Katharina war ein UNFALL. Und Katharina ist eine FREUNDIN. Freunden muss man HELFEN.«
Ich (auch überdeutlich): »Sie ist DEINE Freundin, hilf DU ihr. Aber du kannst doch nicht DEINEN Freunden helfen, indem du ihnen MEINE Hilfe anbietest. Wir sind ein Team – heißt das für dich, WIR müssen alle tun, was DU willst?«
Mama: »Lilia, nicht in dem Ton!«
Ich: »Ich seh das nicht ein. Du willst an die Nordsee, weil das für dich wichtig ist. Und ich will auf die Insel, weil das für mich wichtig ist. Wieso darfst du gehen und ich muss hierbleiben? Ist dein Leben etwa wichtiger als meins?«
Mama: »Versteh mich doch auch mal. Ich habe jahrelang beruflich zurückgesteckt, wegen euch Kindern. Und jetzt habe ich endlich die Chance, noch mal neu durchzustarten. Das ist die Gelegenheit, auf die ich seit Jahren warte, und es ist bestimmt die letzte. So ein Stipendium in einem Künstlerhaus wird einem als Übersetzer kein zweites Mal angeboten.«
Ich: »Und warum hast du das nicht Katharina gesagt? Sie ist deine Freundin. Sie hätte verstanden, wie wichtig das für dich ist.«
Mama: »Sie hatte Schmerzen und Sorgen um ihre Jungs. Ich musste ihr das einfach anbieten und ich wusste ja nicht, dass du wegwillst, du hattest mir kein Wort über deine Pläne gesagt.«
Ich: »Ich hatte ja gar keine Gelegenheit, etwas zu sagen, ich

weiß das doch erst ganz kurz. Sowohl das mit dem Praktikum als auch das mit den Jungs. Du hast mich ja auch nicht gefragt, bevor du sie aufgenommen hast.«

Und dann fing das Ganze wieder von vorn an.

18.00 Uhr Familienkonferenz, Teil 2. Die Urteilsverkündung. Teilnehmer: Mama, Papa, Flocke. Ich.

Papa (holt tief Luft): »Lilia! Deine Mutter und ich haben nachgedacht. Wir verstehen deine Gründe. Natürlich hast du ein Recht auf ein eigenes Leben. Und natürlich konntest du nicht wissen, dass wir dich ausgerechnet jetzt hier so dringend brauchen würden. Trotzdem möchten wir dich bitten, auf dieses Praktikum zu verzichten, denn wir können jetzt nicht mehr von unserem Versprechen an Katharina zurücktreten, dazu ist es zu spät. Aber halt, bevor du protestierst, lass mich ausreden. Wir halten es wirklich nicht für selbstverständlich, dass du zurücksteckst und möchten dir im Gegenzug auch etwas bieten. Wir werden mit deinem Lehrer sprechen und ihm vorschlagen, dass du stattdessen in den Sommerferien auf diese Insel darfst, und zwar doppelt so lang, also vier Wochen. Da sind die Auerochsen doch bestimmt auch noch da und die Forschungen sind garantiert nicht abgeschlossen. Ich regele das für dich! Na, ist das ein Angebot?«
Ich: »Guärgh! Das ist kein Angebot, das ist Folter. Das ist Horror pur. Ich geh doch nicht ohne die anderen auf diese Insel, und dann auch noch vier Wochen. Spinnt ihr?«
Mama: »Lilia, also so langsam verliere ich die Geduld. Worum

geht es dir eigentlich? Erst verkaufst du uns dieses Praktikum als existentiell wichtig für dein gesamtes Leben. Dann machen wir dir ein Angebot, das viel besser ist als das ursprüngliche, und plötzlich soll das eine Folter sein? Planst du vielleicht in Wahrheit nur einen zweiwöchigen Abenteuerurlaub mit deinen Freunden und machst uns damit das Leben schwer?«
Ich: »Es ist für mich existentiell wichtig, JETZT auf diese Insel zu fahren, mit MAIKEN.«
Mama: »Dann frage ich Maiken, ob sie im Sommer noch einmal mit dir hinfährt.«
Ich: »Ich. Will. Jetzt. JETZT. Kreiiiiiiiiisch.«
Mama: »Lilia! Bitte!«
Paps: »So diskutiere ich nicht. Lilia, geh auf dein Zimmer!«
Flocke: »Ey, Leute, bleibt flauschig. Ich versteh gar nicht, wo euer Problem liegt. Aber egal, was es ist, hier sitzt die Lösung.«
Papa: »Wo?«
Flocke: »Hallo? Ich … Ich bin die Lösung. Lilia kann gern in die Pampa abschwirren und du auch, Mama. Paps und ich kommen schon klar.«
Mama: »Du??? Du wolltest dir doch einen Job suchen, um Geld für den Flug nach Australien zu verdienen. Für dein Auslandsjahr.«
Flocke: »Sieht so aus, als hätte ich eben einen gefunden.«
Paps: »Hmmm. Keine schlechte Idee eigentlich. Schaffen wir das denn, wir zwei Männer? Immerhin haben wir nicht nur Rosalie und den Hund, sondern auch noch zwei Gäste zu versorgen.«
Flocke: »Wo ist das Problem?«
Am Fenster erscheinen drei Köpfe. Rosalie, Niklas und der

kleine Ben. »Drei Gäste«, kräht Niklas. »Ihr habt drei Gäste zu versorgen. Wir müssen nämlich noch mal nach Hause fahren und unseren Goldfisch holen. Der verhungert da sonst ganz allein.«
Flocke: »Okay, Jungs, holen wir den Fisch.« Er greift nach dem Autoschlüssel, der auf dem Tisch liegt.
Und zu Mama und Paps sagt er: »Zehn Euro die Stunde.«

20.00 Uhr Ja. Doch. Ich bin froh, dass jetzt alles klappt. Und ich bin dem Flokati echt dankbar, dass er eingegriffen hat. Trotzdem. Irgendwie stinkt mir das alles auch. Ich meine: Mich planen die einfach ein. Meine Zeit und meine Arbeitskraft gehören automatisch ihnen und wenn ich weg will, muss ich mir ihre Erlaubnis holen. Den Flokati, den vergessen sie erst, als gäbe es ihn gar nicht, und wenn er sich herablässt und freiwillig Hilfe anbietet, bekommt er auch noch Geld dafür. Da läuft doch was falsch!

20.30 Uhr Schnüff. Bin gerührt. Eben kam Mama rein und schloss die Tür hinter sich, aber sie blieb stehen, wo sie war. »Tut mir leid«, sagte sie. »War nicht so gemeint. Hast ja recht.« Sie betrachtete ihre Fingernägel. »Manchmal vergesse ich einfach, dass du erwachsen werden musst.« Sie drehte sich um und legte die Hand auf die Klinke, aber sie wartete noch kurz, ob ich was sagen würde.
»Schon okay«, murmelte ich.
Sie nickte und ging.
»Ich vergesse das auch dauernd«, sagte ich leise, aber da war sie schon draußen.

Betreff: Was würdest du tun?
Datum: 06.06., 22:37 Uhr
Von: Tom Barker <wolfspfote@gmail.com>
An: Felix von Winning <snert@web.de>

Hey,

schöne Scheiße. Es gibt vier Bewerber für drei Insel-Plätze. Und außer mir stehen ausgerechnet Maiken, Vicky und Lilia auf der Liste.
Ist das denn zu fassen??? Ey, ich wollte allein auf diese Insel fahren, ich brauch Abstand! Und jetzt wird das ein Horrortrip mit Zickenterror wie im Dschungelcamp. Nee, echt nicht!
Ich glaub, ich zieh meine Bewerbung zurück, ich bleib hier. Sollen doch all meine Probleme auf die Insel fahren und ich hab zu Hause meine Ruhe. Klingt viel gechillter.
Was meinst du?

Gruß

Tom

Betreff: Re: Was würdest du tun?
Datum: 06.06., 23:11 Uhr
Von: Felix von Winning <snert@web.de>
An: Tom Barker <wolfspfote@gmail.com>

Hey, Tom!

Okay, ich soll dich ja nicht mehr Feigling nennen.
Wie gefällt dir Diddl-Maus?

Bye, du Weichei

Felix

P.S.: Grüß Maiken von mir!

Dienstag, 7. Juni

Die Geschichte der Menschheit muss umgeschrieben werden. Was uns vor Jahrtausenden den Fortschritt brachte, war nicht, wie behauptet wird, die Erfindung des Rades. Es war die Zähmung der Kuh! Die Menschen aus grauer Vorzeit hätten nämlich niemals genug Zeit gehabt, um das Rad zu erfinden, wenn nicht irgendwann ihr Essen eingezäunt vor der Höhle gegrast hätte.

6.30 Uhr Ja! So fange ich meine Bewerbungsrede an. Und dann spreche ich über Auerochsen, denn die finde ich niedlich. Diese Urzeitkühe sehen aus wie unsere heutigen Kühe, nur sind sie größer und schwarz. Sie haben geschwungene Hörner und witzige Frisuren. Sieht aus, als hätten sie sich eine braune Wuschelperücke zwischen die Hörner geklemmt.
Eben habe ich mich im Internet schnell schlau gemacht über diese Urviecher und jetzt kann ich locker zehn Minuten über sie quatschen. Also befasse ich mich jetzt mit den wirklich wichtigen Fragen für die Bewerbungsrunde: Was zieht Jane heute an, um Tarzan wie eine Liane um den Finger zu wickeln?

6.50 Uhr Tja. Jane kann heute nicht zur Schule gehen, sie hat definitiv nichts zum Anziehen. Sie hat bereits all ihre Klamotten aus dem Schrank geholt, anprobiert und verworfen.

7.00 Uhr Jane sollte sich jetzt aber langsam entscheiden, sonst geht Tarzan allein in den Dschungel ...

7.07 Uhr Jane hat ihren Bruder gefragt, was sie anziehen soll. Der hat mit spitzen Fingern eine knallenge schwarze Jeans und ein schwarzes Top aus dem Klamottenstapel gezogen. »Spinnst du?«, hat Jane genörgelt. »Ich wollte was Besonderes. Irgendwas, das ich nicht jeden Tag anhabe. Etwas, das alle Blicke auf mich zieht.«
»Großer Fehler!«, hat Flocke gesagt. »Ehrlich, Lil, lass das lieber. Wenn ein Typ bemerkt, was ein Mädchen anhat, dann nur, weil daran was nicht stimmt.«

7.15 Uhr Brüder. Man weiß nie, ob man ihnen glauben soll.

7.16 Uhr Ich tu es jetzt einfach, und zwar aus Zeitnot. Aber ich gebe dem Styling eine persönliche Note. Ich ziehe dazu die Kette an, die Tom mir zum Geburtstag geschenkt hat: das neuseeländische Koru aus grüner Jade. Sieht schön aus auf schwarz. Und der grüne Kringel ist ein Symbol für einen Neuanfang, das passt.

7.40 Uhr Im Klassenzimmer. Boah, Vicky! Wenn Flocke recht hat, liegt die mit ihrem Outfit total daneben. Lehnt da am Lehrerpult und ist gestylt wie ein Mädchen aus einem amerikanischen Pferdeflüsterer-Film: hautenge Jeans, Cowboygürtel,

dazu eine karierte Bluse, die sie am Bauch geknotet hat. Aus dem Ausschnitt blitzt ein jeansblauer BH mit Spitzen hervor. Die Haare hat Vicky zu einem weizenblonden Zopf geflochten und an ihren Ohren baumeln Hufeisen. Wetten, dass sie über Pferde reden wird?

7.42 Uhr Hui! Maiken ist heute ganz Karrierefrau! Ich hatte ja befürchtet, sie würde uns mit einer Federboa auf dem Kopf einen schamanischen Tanz vorführen und die Geister unserer Ahnen beschwören. Von wegen! Sie trägt zu ihrer Jeans einen Blazer und sie hat ihren Laptop mitgebracht, weil sie eine PowerPoint-Präsentation vorbereitet hat. PowerPoint! Maiken! Die will echt mit auf die Insel, koste es, was es wolle!

7.45 Uhr Da kommt Tom. Sieht aus wie – Tom eben. Also so, dass man am liebsten sofort aufstehen und unter einem Vorwand in seine Nähe gehen will, weil man das Gefühl hat, da wäre es ein bisschen schöner als überall sonst.
Wow, was für eine exakte Personenbeschreibung! Ich glaube, bei einem Überfall wäre ich die Lieblingszeugin jedes Polizisten! Okay, ich versuche es anders. Hier ist sein Steckbrief:

Wanted – only alive!!!
Name: Tom Barker
Alter: 16
Größe: groß. Wo ich ende, fängt gerade mal seine
Nasenspitze an
Statur: schlank, breite Schultern
Haare: hellbraun

Augen: fast schwarz, lange Wimpern
Stimme: auffallend tief
Typ: eher so der Naturbursche
Geruch: von Weitem nach Aftershave,
von Nahem ein bisschen nach Zimt
Besondere Kennzeichen: kein Mann großer Worte

Achtung: unbewaffnet, aber trotzdem gefährlich!!!

Sagt das jetzt mehr über Tom aus? Ich könnte noch hinzufügen: Tom trägt heute Jeans und ein zerknittertes T-Shirt, er hat einen Kissenabdruck auf der Wange und seine Haare zeigen in alle Richtungen, nur nicht in die, in die er sie gerade mit allen zehn Fingern zu kämmen versucht. Ich glaube, er hat keine gute Nacht hinter sich. Hat vermutlich auch an seiner Rede gefeilt, statt zu schlafen.

7.55 Uhr Herr Welter ist endlich da und Vicky will anfangen. Ha, ich hab's ja gewusst, sie spricht über Pferde! Genauer gesagt über Pferdekrankheiten. Bandwürmer, Fadenwürmer, Lungenwürmer und Leberegel. Sie will dem Tierarzt auf der Insel bei der Versorgung der Wildpferde helfen, sagt sie. Tja, wird sie aber nicht. Weil Maiken und ich sie nämlich gleich rauskicken und dann hat es sich ausgeegelt für sie.
Brrr, wie sie da am Pult lehnt und mit den Augen plinkert. Sie hat schon so ein Zahnpasta-Siegerlächeln drauf, aber das wird ihr vergehen!

8.05 Uhr So. Jetzt ist Frau Professor Doktor Maiken dran und sie macht das gar nicht schlecht. Ihr Forschungsinteresse gilt nicht Tieren und Pflanzen, sagt sie, sondern Menschen, und zwar denen, die am Projekt beteiligt sind.

»Mensch und Tier sind auf dieser Insel gleichberechtigt. Aber, ganz wichtig: Sie leben nebeneinander her, nicht miteinander.« Sie zeigt ein Bild, auf dem Pferde an einem Seeufer grasen, im Hintergrund erkennt man einen Hochsitz mit Menschen. Ist das auf der Insel? Sieht ja idyllisch aus!

»Die Tiere sollen nicht von Menschen abhängig sein, sondern ein Eigenleben führen«, fährt Maiken fort und klickt auf das nächste Bild. Es zeigt zwei Hengste, die miteinander kämpfen. »Für die menschlichen Inselbewohner heißt das: Niemand darf ohne wichtigen Grund in Kontakt mit einem Tier treten. Niemand darf eines von ihnen zähmen. Niemand darf ein Tier anlocken oder streicheln. Das sind die Regeln und alle Mitarbeiter und Besucher wissen das. Aber klappt das auch? Können Menschen so etwas akzeptieren? Oder versuchen sie irgendwann heimlich, sich über diese Regeln hinwegzusetzen?«

Jetzt sieht man das Foto eines total niedlichen Fohlens mit Wuschelfell und Plüschöhrchen. Alle Mädchen kreischen: »Süüüüüß!«

Gut gemacht, Frau Professor!

»Distanz zu den Tieren entscheidet über Erfolg und Misserfolg des Projektes«, doziert Maiken weiter. »Denn wenn Menschen sich nicht an diese Regeln halten, sind Unfälle vorprogrammiert. Dann wird irgendwann ein Auerochse einen vermeintlichen Angreifer auf die Hörner nehmen oder ein wildes Pferd sein Fohlen verteidigen und ausschlagen. Ein solcher Vorfall würde die Insel in die Schlagzeilen bringen und die Tage des Projek-

tes wären gezählt. Ich möchte also auf dieser Insel herausfinden, wie man Menschen so auf diese Situation vorbereiten kann, dass ihnen der gleichberechtigte und vor allem der distanzierte Umgang mit den Tieren in Fleisch und Blut übergeht.« Herrn Welters Blick ruht wohlwollend auf Maiken. Ich glaube, sie hat den Job.
Jetzt ich. Puh.

8.30 Uhr Geschafft! Pause!!! War ich gut oder war ich schlecht? Keine Ahnung. Ich habe wie geplant bei den Höhlenmenschen und der Zähmung der Kuh begonnen und dann von der letzten Auerochsenkuh erzählt, die im Jahr 1627 starb und vermutlich zu einem Trinkhorn für irgendeinen Ritter verarbeitet wurde. Seitdem sind diese Tiere ausgestorben. Es gibt auf der ganzen Welt kein einziges Exemplar mehr.

Was man heute Auerochsen nennt, sind »Nachbauten«, die aus urigen Hauskuhrassen gezüchtet wurden. Diese Revival-Ochsen sehen den Auerochen von früher zwar ähnlich, aber natürlich haben sie andere Gene, denn was einmal ausgestorben ist, kann man nie wieder zurückzüchten. Heckrinder heißen sie offiziell.

Solche künstlichen Urviecher leben zurzeit in vielen Naturschutzgebieten. Man braucht dann keine Zäune, sie sind so etwas wie lebende »Bitte-das-Naturschutzgebiet-nicht-betreten«-Schilder. Ein Blick in die Augen eines solchen Urtiers und du überlässt den Wald freiwillig der Natur. Außerdem dienen sie als Rasenmäher und ihre Kuhfladen düngen den Boden.

Immerhin leben diese Wildkühe heute genauso wie Auerochsen in der Steinzeit: Sie haben noch nie einen Stall von innen gesehen und kein Mensch hat ihnen je vorgeschrieben, was sie tun oder lassen sollen. Das erzählte ich der Klasse und danach erklärte ich mein Forschungsvorhaben: An diesen wilden Kühen will ich studieren, was es bedeutet, mit Haut und Hörnern Kuh zu sein. Stehen sie auch nur rum und käuen wieder, so wie Milchkühe auf der Alm? Oder leben sie wild und gefährlich? Kämpfen sie? Schließen sie Freundschaften? Haben sie Lieblingsplätze? Baden sie manchmal im See? Ich werde sie beobachten und wenn ich weiß, was wilde Kühe mögen, kann ich daraus schließen, was auch zahme Stallkühe glücklicher machen könnte. Ich werde eine Liste mit Tipps für Bauern verfassen und sie ins Internet stellen. Kuh-Tipps, muuuh-haha. An dieser Stelle haben alle gelacht.

»Super warst du! Richtig, richtig super«, flüsterte Maiken mir eben zu.

»Du aber auch!«, gab ich das Kompliment zurück. »Wenn Tom jetzt noch punktet, ist Vicky raus. Endgültig!«

8.40 Uhr Tom!? Es hat geklingelt, die zweite Stunde hat begonnen, warum bleibt der sitzen? Warum steht er nicht auf und geht nach vorn?

8.45 Uhr Was?? Hab ich das richtig verstanden? Tom hat seine Bewerbung in der Pause zurückgezogen, und zwar aus persönlichen Gründen. Hat Herr Welter das eben wirklich gesagt?

8.52 Uhr Ja. Hat er. Herr Welter gratulierte eben erst Maiken, dann Vicky und zuletzt mir, und sagte, er freue sich über unsere Mitarbeit.

9.05 Uhr Na toll! Ich wollte mit Tom auf der Insel Tarzan und Jane spielen und jetzt komme ich stattdessen mit Maiken und Vicky ins Dschungelcamp! Und dann auch noch das: Herr Welter hat eben ein Info-Blatt ausgeteilt und ich habe endlich das Kleingedruckte erfahren. Auf der Insel gibt es nicht nur keinen Tom. Es gibt auch keinen Kiosk, keinen Strom, kein Internet, keinen Fernseher, keine Handys, keine Duschen und kein Klo. Aber für mich gibt es auch kein Zurück mehr. Habe Maiken eben ans Scheinbein getreten.
»Sag was!«, zischte ich ihr zu. »Hau uns da raus, das war schließlich deine Idee.«
»Was soll ich denn da sagen?«, quietschte sie zurück und die Panik in ihrer Stimme war unüberhörbar. »Wir können uns doch nicht erst bewerben und fünf Minuten später sagen: ›Nee, doch nicht!‹«
Nein, das können wir nicht. Ich sowieso nicht, wie stehe ich denn dann zu Hause da? Wir müssen da jetzt wohl hin.
Viel Spaß!

9.15 Uhr Auch Vicky sieht aus, als hätte sie in eine Zitrone gebissen. Aber nicht mal darüber kann ich mich freuen.

10.10 Uhr Eben in der Pause habe ich Tom vor dem Getränkeautomaten getroffen. Er war allein und er hat tatsächlich am Automaten gerüttelt, ich habe es genau gesehen. Vielleicht ist an dieser amerikanischen Studie über Männer und Getränkeautomaten doch was dran, aber das nur am Rande.
»Warum hast du deine Bewerbung zurückgezogen?«, habe ich ihn gefragt.

»Du, das ist ein bisschen kompliziert. Da reden wir wann anders drüber, okay?« Er drückte wie wild auf den Geldrückgabeknopf und sah mich nicht mal an.
»Klar.« Ich zuckte mit den Achseln und ging.

14.00 Uhr Ich bin wieder zu Hause und das »Gespräch« mit Tom geht mir nicht mehr aus dem Kopf. KOMPLIZIERT??? Ich weiß genau, was das heißt, ich hab schließlich einen Bruder. Das ist die männliche Umschreibung für «Ich erklär dir das jetzt nicht, weil ich kein Bock habe und dich das außerdem 'nen Dreck angeht, und jetzt schwirr ab, bitte«.
Und ich weiß auch, warum Toms Leben mich plötzlich nichts mehr angeht: Er bespricht so etwas ab sofort mit Vicky. Ich habe die beiden nämlich gesehen, als ich eben nach Hause gefahren bin. Er hat sein Rad neben ihr hergeschoben und dabei geredet wie ein Wasserfall, dabei ist er sonst ja eher schweigsam. Ich bin ganz dicht an den beiden vorbeigeradelt, natürlich nur, weil mir ein Auto entgegenkam und ich ausweichen musste. Und da konnte ich gar nicht anders, ich hörte ein bisschen was von ihrem Gespräch. »Ich will das einfach nicht mehr«, sagte Tom zu Vicky. Als er mich sah, zuckte er so dermaßen zusammen, als hätte er einen Stromschlag bekommen. Es war klar, wen oder was er nicht mehr wollte.

15.15 Uhr Jep. Dagegen kann man nichts machen. Gar nichts. Wenn kein Funke da ist, kann man auch kein Feuer anzünden. Kämpfen hat in diesem Fall keinen Zweck. Heulen auch nicht. Da kann man nur noch Stil beweisen.
Ich. Bin. Ein. Starkes. Mädchen.

15.20 Uhr Kreiiiisch. Wo ist mein Staphisagria???

15.30 Uhr Jemand klopft an meine Zimmertür. Ich sage aber nicht »Herein«, ich will jetzt keinen sehen. Und wenn das schon wieder FLOCKE ist, mittlerweile zum SIEBTEN MAL, dann bringe ich ihn um. Langsam und grausam.
Dana kommt nämlich gleich zu ihm und seit einer Stunde fuhrwerkt er in seinem Zimmer herum, um diese Müllhalde in ein Liebesnest zu verwandeln. Das nervt.

15.32 Uhr »NEIN, FLOCKE, DU KANNST MEINE KUSCHELROCK-CD NICHT HABEN. RRRAAA-AUUUUS!!!!«

Betreff: Mir egal, was du denkst
Datum: 07.06., 21:47 Uhr
Von: Tom Barker <wolfspfote@gmail.com>
An: Felix von Winning <snert@web.de>

Ey,

es ist entschieden. Ich bleib hier!
Und, sorry, aber es ist mir scheißegal, was du darüber denkst! Das hier ist zufällig mein Leben, okay? Sorg doch einfach mal dafür, dass du ein eigenes hast.

Ich weiß, dass du in Maiken verschossen bist, du musst das gar nicht erst leugnen. Dauernd lässt du mich Grüße an sie ausrichten.
Hey, warum schreibst du ihr die nicht einfach selbst? Ich würde an deiner Stelle langsam mal damit anfangen. In ein paar Tagen ist sie mit lauter Muskelmännern aus der Elften auf einer einsamen Insel. Sorg lieber vorher dafür, dass du ihr in Erinnerung bleibst, du Torfkopf, und lass mich mit deinen Ratschlägen in Ruhe.

Ich will nicht mit Lilia auf diese Insel. Punkt. Als ich sie heute bei ihrer Rede beobachtet habe, wusste ich es. Sie trug die Kette, die ich ihr zum Geburtstag geschenkt habe, das Koru. Und plötzlich war alles wieder da. Das Klassenfest. Wir alle am Lagerfeuer. Lilia in Jakobs Arm. Meine Kette um seinen Hals.
Ich will das nicht mehr, ich will nicht mal mehr daran denken.

Lilia macht mich wahnsinnig. In jeder Hinsicht. Sie geht mir ans Herz und sie geht mir an die Nieren. Das bringt keinem was. Sie ist so wechselhaft, ich halte das nicht aus.

Ende der Diskussion!

T.

Mittwoch, 8. Juni

Das wichtigste Naturgesetz der Welt ist Murphys Gesetz: Wenn etwas schiefgehen kann, dann geht es auch schief. Wenn etwas auf verschiedene Arten schiefgehen kann, geht es auf die schlimmste Art schief. Hat man alle Möglichkeiten ausgeschlossen, dass etwas schiefgehen kann, eröffnet sich sofort eine neue Möglichkeit. Manche halten Murphys Gesetz für einen Witz. Ich halte es für traurige Realität.

11.20 Uhr Maiken und ich haben herausgefunden: Murphys Gesetz gilt auch für die Liebe. Wir konnten fünf Regeln eindeutig identifizieren, alle haben wir selbst schon erlebt:

1. Immer, wenn du dich in jemanden verliebst, ist der Typ schon verliebt. Und zwar in eine andere.

2. Wenn er aber noch nicht verliebt ist, dann verliebt er sich jetzt. Allerdings nicht in dich.

3. Falls sich doch mal jemand in dich verlieben sollte, ist der Grad deiner Verliebtheit immer umgekehrt proportional zum Grad seiner Verliebtheit, das heißt, wenn er total auf dich steht,

dann fühlst du nur höfliches Interesse, wenn du ihn aber toll findest, findet er dich »ganz nett«.

4. Du verliebst dich grundsätzlich in jemanden, den du täglich siehst. Und das nur, damit du auch täglich leidest.

5. Wenn du ihn dann aber plötzlich nicht mehr siehst, leidest du noch viel mehr.

12.00 Uhr Ergänzung:

6. Und wenn du im Unterricht mit deiner Freundin Murphys Gesetze für die Liebe aufschreibst, bekommst du auch noch eine Strafarbeit.

Hätte ich noch genug Kraft, würde an dieser Stelle ein sehr hässliches Wort stehen. Aber ich bin zu schwach dazu.

14.00 Uhr Schnüff. Mama ist eben abgereist. Für drei Monate wohnt sie jetzt in einem Künstlerhaus am Meer und will von morgens bis abends arbeiten. Alle zwei Wochen kommt sie aber für ein Wochenende nach Hause, weil sie es ohne uns länger nicht aushält, und wir nicht ohne sie. Und wir wollen sie in den Sommerferien auch besuchen.
Die Rosine hat geweint, als Mama elegant gekleidet in unserer Küche aufs Taxi wartete. Ich auch fast. Als es aber klingelte und das Taxi da war, habe ich sie nur gedrückt, bis ihr die Luft wegblieb. Und dann habe ich das Rosinchen in den Arm genommen und getröstet. Auch Niklas und Ben haben Rosalie

mit ihren klebrigen Pfoten gestreichelt und das hat ihr geholfen. Eigentlich ist es doch gut, dass die beiden da sind.
Paps hat Mama lachend nachgewinkt, als sie abfuhr. »Mach dir keine Sorgen, wir schaffen das«, rief er ihr durchs heruntergekurbelte Fenster zu. Aber als das Taxi um die Ecke bog und sie aus unserem Blickfeld verschwunden war, sah er ganz grau aus.
»Vermisst du sie?«, fragte ich.
»Sicher. Klar«, sagte er und drehte sich weg, damit ich nicht sehen konnte, wie sehr.
Familie. Es geht nicht mit und es geht nicht ohne.

14.30 Uhr Mir reicht's für heute. Ich gehe heute nicht in die Tanzstunde. Ich fahre stattdessen in die Bibliothek und leihe mir Bücher zum Thema »Überleben in der Wildnis« aus. Das ist jetzt wichtiger.

15.00 Uhr Obwohl – da ist noch was offen zwischen Tom und mir. Irgendwie müssten wir schon noch mal über alles reden und einen Schlusspunkt unter die Sache setzen. Man kann doch nicht einfach jemanden so küssen, wie wir uns letzte Woche geküsst haben, und dann ist von einer Minute auf die andere Sendepause. Aber wie beendet man etwas, das nie richtig angefangen hat?

Am liebsten würde ich ihm noch ein letztes Mal was in die Tasche stecken. Das war früher unser Running Gag. Wir haben uns gern gegenseitig Sachen in die Jackentasche gemogelt, aber nur schöne. Eine Kastanie, ein Schneckenhaus, eine Feder, einen Stein. Manchmal auch irgendeinen Krimskrams, ein Plastikschwein mit Kleeblatt in der Schnauze, einen Schlumpf.

Einfach, weil es so ein irres Gefühl ist, wenn man die Hand in die Jackentasche steckt und da etwas fühlt, von dem man keine Ahnung hatte. Wir haben das aber schon ewig nicht mehr gemacht.
Ich könnte heute in die Tanzschule gehen, in die Garderobe schleichen und etwas in Toms Jacke mogeln.

16.10 Uhr Hallo??? Aufwachen! Es ist Sommer! Tom trägt heute garantiert keine Jacke! Und außerdem wäre das voll peinlich. Das geht gar nicht!

16.20 Uhr Es gibt keinen Schlusspunkt. Es gibt nur noch Schweigen. Ich muss einfach auf diese Insel gehen und neu anfangen. Ohne Tom. Bin total traurig.

Betreff: Fugu
Datum: 08.06., 19:14 Uhr
Von: Tom Barker <wolfspfote@gmail.com>
An: Felix von Winning <snert@web.de>

Hi!

Okay. Ich erklär es noch mal nur für dich, du Pfosten, und zur Abwechslung mal poetisch: Stell dir vor, Mädchen wären was zu essen. Dann wäre Vicky eher so ein Hamburger. Fastfood, aber man macht damit nichts falsch. Und Lilia wäre ein japanischer Kugelfisch. Fugu heißt der. Den kannst du prinzipiell essen, aber wenn du Pech hast, bist du hinterher tot. So ist das.

Tom

Betreff: Re: Fugu
Datum: 08.06., 19:23 Uhr
Von: Felix von Winning <snert@web.de>
An: Tom Barker <wolfspfote@gmail.com>

Hey, Häuptling Zitternder Kriecher!

Du bist mir ja mal ein Poet. Aus dir wird noch was ganz Großes, das merkt man.

L.I.L.I.A, das ist die Abkürzung für
Launisch, **I**ntelligent, **L**aut, **I**mpulsiv, **A**lbern.

Das ja. Aber das bringt dich nicht um.

Du brauchst das, du T.O.M. (**T**ieflieger **O**hne **M**umm)

Schönen Abend noch!

Felix

P.S.: Fastfood macht fett.

Donnerstag, 9. Juni

Tom ist Geschichte. Ich habe einen neuen Schwarm, der meine Gedanken beherrscht. Einen braunverschrumpelten, der ein bisschen an eine Weihnachtsgans erinnert, die zu lange im Backofen geschmort hat. Mein Herz gehört jetzt nämlich Ötzi, dem Mann aus der Eiszeit, den die Engländer »Frozen Fritz« nennen.

6.07 Uhr Ist das seltsam? Ist es besorgniserregend, wenn man sich nicht mehr für gleichaltrige Jungs interessiert, sondern für einen 5000 Jahre alten Typen, der schimmelt, wenn man ihn auftaut?

6.09 Uhr Ja. Ist es. Und ich bin nicht stolz darauf. Aber ich werde das trotzdem nicht unterdrücken. Ich habe nämlich ein cooles Buch in der Bibliothek entdeckt, es fängt bei Ötzi in der Steinzeit an und erklärt, was wir heute noch von ihm lernen können.
Ötzi ist nämlich eine Feucht-Mumie! (Huuuuh, schönes Wort, da stellen sich mir die Härchen an den Armen auf. Ich muss es gleich noch mal schreiben.) Also, solche FEUCHT-MUMIEN sind unglaublich selten und sie sind wertvoll, weil

man sie sezieren und durchleuchten und sogar ihre Gene entschlüsseln kann. Und jetzt weiß man: Ötzi war wie wir. Ein Homo sapiens sapiens, und das bin ich auch. Ötzi war also ein Mensch im Urzustand, so ähnlich wie ein Auerochse ein Rind im Urzustand ist. Und von Ötzi kann man lernen, was es heißt, ein Mensch zu sein, so wie Menschen eben sind. Ohne Zivilisationstünche über den Instinkten. Man kann sich von ihm abgucken, wie man überlebt, sowohl in der Wildnis als auch im modernen Großstadtdschungel.

Lilia in freier Wildbahn – das ist jetzt also mein ganz persönliches Programm für die Insel, und wer noch dort sein wird, das ist mir absolutely sausage, also wurstegal.

Na gut, nicht ganz, aber fast.

Okay, überhaupt nicht egal. Aber ich kann's nun mal nicht ändern.

6.30 Uhr Die Insel wird ein Neuanfang und das Buch nehme ich mit. Ich weiß ja von Tick, Trick und Track, wie wichtig so ein schlaues Buch in allen Lebenslagen sein kann.

Ich werde über Tom hinwegkommen und Maiken wird Flocke vergessen, und wenn wir zurückkommen, sind wir nicht mehr dieselben. Im Moment fühlen wir uns wie Käfighühner, aber dann sind wir Adler. Und der erste Schritt dazu: Tom Barker kommt in diesem Tagebuch nicht mehr vor. Ab sofort!

8.30 Uhr Wir haben Deutsch. ~~Tom ist heute nicht in der Schule.~~

9.20 Uhr Auch das noch!

SMS von Paps: Der Goldfisch ist tot!
SMS an Paps: Neuen kaufen! Aber schnell, bevor die Kids nach Hause kommen.
SMS von Paps: Wo kauft man Goldfische?
SMS an Paps: Im Baumarkt.
SMS von Paps: Wieso denn da? Was machen Fische im Baumarkt?
SMS an Paps: Das kannst du sie später fragen. Jetzt fahr!!!

13.00 Uhr Bin wieder zu Hause. Im Aquarium schwimmt ein Goldfisch. Wenn man genau hinsieht, ist er vielleicht eine Idee heller als der alte, aber niemand sieht genau hin. Die Kids toben durchs Haus wie eine Horde Affen.

14.00 Uhr Habe eben ein Mittagessen im Familienkreis genossen. Bin jetzt sehr froh, dass ich übermorgen abreise! Das Tischgespräch verlief ungefähr so:

Ben: »Ich will keinen Reis, ich will Pommes.«
Niklas: »Du sollst essen, was auf den Tisch kommt.«
Ben: »Dann stell den Reis nicht auf den Tisch.«
Papa: »Die armen Kinder in Indien …«
Rosalie: »… wären froh, ja, Paps, das wissen wir.«
Ben: »Ich bin aber nicht froh. Ich will Pommes.«
Paps: »Habe ich nicht.«
Ben: »Will ich aber.«
Paps: »Wenn du heute Reis isst, mache ich morgen Pommes. Versprochen!«
Ben: »Ich will aber heute …«

Florian: »Ruhe jetzt! Iss deinen Reis.«
Ben: Schaufelt sich einen Löffel Reis in den Mund. Muss niesen. Sprüht den Reis über den Tisch.
Paps: »Beim Niesen Hand vor den Mund!«
Niklas: »Iiiiiih. Ben hat auf den Tisch gespuckt. Hier ess ich nichts mehr.«
Rosalie: »Wir haben in der Schule gelernt, wie man richtig niest.«
Niklas: »Ich ess das nicht mehr!«
Ben: »Wie denn? Wie niest man richtig?«
Rosalie: »Hygienisch!«
Ben: »Hä?«
Rosalie (drückt die Nase in die Ellenbogenbeuge und tut so, als ob sie niesen würde): »So geht das. Du niest auf den Arm.«
Ben: »Dann hab ich doch Reis am Arm.«
Paps: »Aber du sprühst nicht alle Bakterien über den Tisch. Das nennt man hygienisch. Wenn man keine Bakterien verteilt.«
Ben: »Warum sind im Reis Bakterien?«
Paps: »Nicht im Reis. In dir. Und wenn du niest, kommen sie raus.«
Ben: »Warum sind in mir Bakterien?«
Niklas: »Kann man auch hygienisch pupsen?«
Rosalie und Ben springen auf und versuchen, in ihre Kniekehlen zu pupsen.
Florian: »Hinsetzen! Sofort!«
Die beiden gehorchen, lassen sich aber viel Zeit dabei.
Niklas: »Wusstet ihr, dass man sich nicht am Ellenbogen lecken kann?«

Alle versuchen, sich am Ellenbogen zu lecken. (Ich auch. Geht wirklich nicht.)
Ben: »Unterm Arm kann man sich aber lecken.« (Er zeigt es.)
Niklas muss lachen und stößt dabei aus Versehen sein Glas um.
Orangensaft vermischt sich mit dem Reis auf dem Tisch.
Florian: »Hinsetzen!«
Paps: Holt einen Lappen.
Die drei setzen sich wieder.
Niklas: »Boah! Ich kann mich auch an der Nase lecken. Boah. Boah. Boah.«
Florian: »Iss! Jetzt!«
Rosalie: »Wusstet ihr, dass man nicht summen kann, wenn man sich die Nase zuhält?«

Also ich finde inzwischen auch, dass Flocke für diesen Job gut bezahlt werden sollte.

Betreff: Entweder man lebt oder man ist konsequent
Datum: 09.06., 20:13 Uhr
Von: Tom Barker <wolfspfote@gmail.com>
An: Felix von Winning <snert@web.de>

Alter!

Habe dich eben telefonisch nicht erreicht. Erst war's dauernd besetzt und danach war vermutlich dein Akku leer. Darf ich hoffen, dass du endlich mal moderne Kommunikationsmittel genutzt hast, um Maiken all deine Grüße persönlich mitzuteilen?
Ruf mich an!!! Es gibt Neuigkeiten, ich habe den coolsten Ferienjob der Welt!

Bis denn
Tom

Freitag, 10. Juni

Was würdest du auf eine einsame Insel mitnehmen? Diese Party-Frage ist genau so beliebt wie bescheuert. Dabei wird nämlich nie gesagt, um welche Insel es sich handelt. Titiwu, wo das Urmel wohnt? Oder die einsame Bahama-Insel, die Johnny Depp sich gekauft hat? Das ist beim Packen definitiv ein Unterschied!!!

7.45 Uhr, Bio. Herr Welter hat uns eben einen Lageplan der Insel gezeigt. Sie sieht ein bisschen aus wie ein großes E, das schräg im Wasser liegt. Oder vielleicht auch wie der Embryo eines Nagetiers. Sie ist lang, schmal und hat drei Arme, an deren Ende sich jeweils ein Bootssteg befindet. Da kann man baden. Unser Haus liegt auf dem östlichsten Arm und da kommen die Auerochsen und die Pferde anscheinend nur selten hin.
Über die ganze Insel sind Hochsitze verstreut, auf denen wir sitzen können, wenn wir die Tiere beobachten.
Genau gegenüber der Insel auf dem Festland befindet sich ein Campingplatz. Von dort bekommen wir Lebensmittel und alles, was wir sonst so brauchen. Wir können ihn per Ruderboot erreichen. Bei der Anreise holt uns aber ein größeres Motorboot ab und bringt uns mit unserem Gepäck zur Insel.

Die gesamte Insel ist fünfzig Hektar groß, also etwas größer als die Insel Mainau im Bodensee. Sie ist nur ungefähr zwei Kilometer lang und das Gelände ist ganz flach, aber man benötigt trotzdem fast eine Stunde, um vom einen Ende zum anderen zu laufen. Es gibt dort nämlich keine Wege und die Insel ist total zugewuchert. Da gibt es sumpfige Wälder und undurchdringliches Dornengebüsch, man kommt daher oft nur langsam vorwärts.

»Unbedingt feste Schuhe mitnehmen«, sagte Herr Welter und warf Vicky einen strengen Blick zu.

Und so sieht die Insel ungefähr aus:

8.54 Uhr, Deutsch. Ich nutze die Zeit und schreibe eine Packliste. Vorher habe ich noch die anderen beiden gefragt, was sie mitnehmen.

Das packt Maiken in ihren Koffer:

eine Meditationsmatte
Teelichter und Räucherstäbchen
eine Klangschale
eine Trommel (Die rede ich ihr noch aus!)
ein Buch über schamanische Naturriten
ein Buch über Heilkräuter
ein Buch mit gruppendynamischen Spielen
ihre Gitarre
ein Liederbuch
Klamotten aus Naturfaser

9.40 Uhr, Mathe. Auch Vicky hat sich dazu herabgelassen, mit mir über ihre Reisevorbereitungen zu sprechen. Sie braucht auf der Insel alles, was sie sonst auch braucht. Viel wichtiger als das Gepäck, sagte sie, seien aber die Vorbereitungen.

Vickys Programm bis morgen:

Friseur. Weil es auf der Insel keine Dusche und kein warmes Wasser gibt, lässt sie sich die Haare kurz schneiden, dann kann man sie besser waschen. Und sie lässt sie weißblond färben, weil es cool aussieht und gefärbte Haare nicht so schnell fettig werden.

Weil man auf der Insel auch bei Regen raus muss, lässt sie sich beim Friseur auch gleich die Wimpern färben. So bekommt sie keine Waschbäraugen von zerlaufener Wimperntusche.

Und das macht Vicky selbst: Enthaarung mit Warmwachs. Selbstbräunende Bodylotion. Davor ein Ganzkörperpeeling, damit die Bräune länger hält. Und – ein absolutes Muss, sagt Vicky: farbloser Lack für die Nägel, den muss man nicht so oft erneuern, denn man sieht die Macken im Lack nicht so schnell. Außerdem packt sich Vicky noch was zum Einreiben gegen Mücken ein. Und After-Sun-Lotion.

10.10 Uhr, immer noch Mathe.
Meine Pack-Liste (vorläufig):

»Was blüht denn da?« – ein Pflanzenbestimmungsbuch
»Was fliegt denn da?« – ein Vogelbestimmungsbuch
»Was muht denn da?« – ein Auerochsenbuch
»Was hat mich denn da eben gestochen?« (falls es so ein Buch gibt)
mein Survival-Ötzi-Buch
mein Tagebuch
mein Schnuffelkissen
Schokolade, Gummibärchen
ein Buschmesser (noch kaufen!)
Pflaster
Taschenlampe, Schlafsack, Klamotten und so

17.00 Uhr Mist. Mein Rucksack geht nicht zu und mehr Gepäck dürfen wir nicht mitnehmen, auf dem Boot ist ja nicht viel Platz. Ich muss also alles noch mal auspacken und eine Entscheidung treffen. Irgendwas muss raus.

19.00 Uhr Es ist entschieden. Alle Bücher bleiben hier, bis auf mein schlaues Survival-Buch. Und natürlich mein Tagebuch, das muss mit. Aber die anderen Wälzer brauche ich nicht, denn ich will ja meine eigenen Gedanken denken und meiner inneren Stimme lauschen. Ötzi hatte auch keine Bücher.

21.00 Uhr Im Moment lausche ich anderen Stimmen als meiner eigenen. Denen von Rosalie, Niklas und Ben, die aus dem Kinderzimmer zu mir herübertönen. Sie schlafen noch nicht, aber Paps merkt das nicht. Er sitzt unten im Wohnzimmer in seinem Schaukelstuhl, lauscht einer Sinfonie und denkt bestimmt an Mama.
Nebenan in Flockes Zimmer ist es ganz still, obwohl Dana da ist. Oder besser: weil Dana da ist. Ich nehme an, den beiden ist es gerade egal, ob die Kids schlafen oder nicht, Hauptsache, sie kommen nicht zu ihnen rüber.
Ob die alle klarkommen, wenn ich weg bin?
Sie müssen es lernen.

Ich werde sie vermissen.

Betreff: Test, test, test
Datum: 10.06., 16:30 Uhr
Von: Tom Barker <wolfspfote@gmail.com>
An: Felix von Winning <snert@web.de>

Hi Felix,

nur ganz kurz: Ich habe einen Weg gefunden, wie ich dir Filme schicken kann. Morgen kommt das erste Testvideo!

Bye
Tom

Samstag, 11. Juni

Wasser. Wenn man jeden Tag zwei Liter davon trinkt, verbraucht man im Leben rund 55 000 Liter. Wobei verbrauchen das falsche Wort ist: Wasser verschwindet nicht. Die Wassermenge auf unsere Erde bleibt immer konstant. Dieses Seewasser hier wurde also im Laufe der Zeit schon oft von irgendwem getrunken und jetzt ist es wieder da. Ein ewiger Kreislauf.

9.30 Uhr Hmpf. Wir sitzen am Seeufer und ich wollte eben diesen überaus poetischen Gedanken mit Maiken teilen, aber sie hat mich dafür fast in den See geschubst. Ich soll so was für mich behalten, hat sie geschimpft. Jetzt kommt ihr das schöne grüne Seewasser nämlich vor wie eine riesige Pipi-Pfütze. Ich habe ihr gesagt, dass Pipi keimfrei ist, aber das wollte sie auch nicht hören.
Toll. Erst quatscht sie mich voll vom Urelement Wasser, aus dem alles Leben entsteht! Von der Magie, die in ihm steckt! Von der gewaltigen Heilkraft natürlichen Wassers! Und sie behauptet, ich sei von der Natur entfremdet, weil mir beim Anblick des Sees keine heiligen Schauder über den Rücken laufen. Und dann philosophiere ich auch mal ein bisschen über die

Natur des Wassers und Maiken wird neurotisch. Dabei könnte es sein, dass ein paar dieser Wassermoleküle hier vor mir schon mal von Ötzi getrunken worden sind.
»Du bist ätzend«, fauchte Maiken.
»Ich bin ötzend«, antwortete ich.
Nach einer langen Zugfahrt sitzen wir gerade auf einem Steg am Seeufer, warten auf das Boot, das uns zur Insel bringen soll, und lassen die Füße ins Wasser baumeln. Ich zumindest! Maiken hat ihre eben angeekelt wieder herausgezogen.
Der See ist wirklich wunderschön, auch wenn sein Wasser vielleicht seit ein paar Jahrtausenden nicht mehr ganz frisch ist. Wenn man die Augen schließt, klingt er fast wie das Meer. Kleine Wellen schwappen an den Bootssteg und manchmal kreischt eine Möwe.
Die Zugfahrt war anstrengend, weil wir so früh aufstehen mussten. Ich war ein bisschen traurig wegen der Rosine, obwohl die beim Abschied sehr tapfer war. Vielleicht hat ihr ja das Geschenk geholfen, das ich ihr kurz vor der Abfahrt überreicht habe: ein neues Brillenputztuch für Prinzessinnen. Jetzt besitzen wir beide eins. Das macht stark.
Trotzdem frag ich mich immer, ob es ihr gut geht, wenn ich nicht da bin und auf sie aufpasse. Man muss bei ihr auf Zwischentöne hören. Kann Flocke das?
Ich war also angespannt und dann musste ich auch noch Vicky ertragen, die unterwegs pausenlos redete, ohne irgendwas zu sagen, das mich interessierte.
Sie sieht übrigens krass aus mit ihren kurzen, blonden Haaren. Nicht mehr wie Barbie, eher wie Heino.
Die Elfer waren nicht mit im Zug, sie sind eben erst mit dem

Auto hier angekommen, stehen drüben auf dem Parkplatz und reden und lachen. Ich kenne sie alle nicht.
Vicky fragte gerade, ob wir nicht mal rübergehen sollten, sie traut sich alleine nicht. Tja, Vicky, für solche Aktionen braucht man Freundinnen. Schade, wenn man keine hat. Ich würde die ja auch gern kennenlernen, aber jetzt verschiebe ich das auf später. Um Vicky zu ärgern.
Maiken wirkt nervös, seit wir hier sitzen. Vielleicht, weil man da drüben unsere Insel sieht. Man erkennt einen wackligen Holzsteg am untersten E-Ärmchen, die anderen Stege sind von hier aus zu weit weg. Am Ufer wächst dichtes Schilf. Dahinter ragen riesige Bäume auf, mit Zweigen, die an manchen Stellen bis ins Wasser hängen. Man sieht kein Haus, kein Auto, kein Boot. Ötzi hätte sich da bestimmt wohlgefühlt.
»Gibt es in Deutschland eigentlich gefährliche Tiere?«, fragte Maiken eben.
»Und ob«, sagte ich.
Maiken riss erst die Augen auf, aber dann verengte sie sie zu Schlitzen. »Boah, Lilia, du lügst!«, murrte sie.
»Doch echt«, beteuerte ich. »In meinem schlauen Buch steht: In unberührter Natur gibt es bei uns Kreuzottern. Und die meisten Kreuzotter-Bisse enden tödlich …«
Maiken wurde blass.
»… für die Schlange«, sagte ich und wich ihrem Tritt aus. »Nee, Maiki, mal im Ernst. Die gefährlichsten Tiere hier bei uns sind aufblasbare Schwimmtiere, weil damit jedes Jahr Kinder ertrinken. Auf der Insel müssen wir nur darauf achten, keinem Auerochsen vor die Hörner zu laufen, mehr kann eigentlich nicht passieren. Von Tieren droht uns da keine Gefahr. Nicht

mal von Zecken. Auf Kuhweiden sind die weniger gefährlich als sonst, sie enthalten in der Nähe von Kühen viel seltener Krankheitserreger.«

11.00 Uhr Ja. Haha. So sprach ich, als ich noch auf dem Festland war und noch nicht wusste, was auf der Insel alles kreucht und fleucht. Da war ich noch ganz obenauf, ich Depp! Jetzt weiß ich es, aber jetzt ist es zu spät, ich kann nicht mehr fliehen. Ich glaube, meine innere Stimme ist noch nicht wirklich zu neuem Leben erwacht. Sie scheint mir ziemlich verpeilt. »Halte ein«, hätte sie rufen sollen, als ich aufs Boot kletterte. »Fahre nicht auf diese Insel! Das ist nichts für dich.«
Stattdessen schrie diese Stimme in mir: »Los, schnell, das Boot ist winzig, da passt ihr niemals alle drauf!« Und so ganz unrecht hatte sie damit nicht, denn es war wirklich eng und Vicky wäre fast von Bord gefallen. (Ich war es nicht, ich schwöre es!) Was meine innere Stimme allerdings nicht erkannte, war die Chance, die für mich darin gelegen hätte, bei der ersten Fahrt nicht mehr mit aufs Boot zu passen. Ich hätte dann noch ein bisschen Bedenkzeit ganz allein gehabt und hätte erkennen können, dass es hier ein bisschen zu viel Natur gibt.
Tja, zu spät. Wir quetschten uns alle aufs Boot und tuckerten an der gesamten Insel entlang zum östlichen E-Arm, auf dem das Haus liegt. Als wir ankamen, stand ein bärtiger Biologe namens Harri am Anlegesteg. Er spricht Deutsch mit rrrrollendem Rrrr, denn er kommt aus Finnland. Es war gut, dass Harri am Steg stand, denn allein hätten wir den Weg zum Haus nie gefunden. Es gab nämlich keinen. Der Steg endete auf einem kleinen Sandstrand, an dem ein paar Boote lagen, und der war

umschlossen von einem undurchdringlichen Schilfgürtel. Wir schulterten unsere Rucksäcke und blickten uns ratlos um.

»Hierrr entlang«, rief Harri und ging auf das Schilf zu. »Hierrr ist der Wegweiser!«

Was er Wegweiser nannte, war ein großer Stein im Sand. Harry steuert darauf zu, schob das Schilf mit den Händen beiseite und drängte sich durch. Misstrauisch folgten wir ihm. Tatsächlich, wenn man genau hinsah, konnte man an ein paar geknickten Halmen erkennen, dass hier schon mal jemand entlanggegangen war.

»Unser Hausmeister ist krank«, rief Harri uns über die Schulter zu. »Er wollte den Weg eigentlich freischneiden, bevor ihr kommt. Aber keine Sorge, das holen wir heute nach.«

Eine Libelle schwirrte an meinem Ohr vorbei. Huh, sind diese Viecher lang. Haben die eigentlich einen Stachel?

»Nein, nur einen Legebohrer«, sagte Harri, der meine Frage gehört hatte. Irgendwie klang das in meinen Ohren nicht viel besser.

Als wir den Schilfgürtel durchschritten hatten, sah man einen Trampelpfad und weiter hinten ein Haus! Yeah! Das waren eindeutig Spuren menschlichen Lebens.

Aber als wir im Haus angekommen waren, entdeckte ich dort wieder fast nur Spuren tierischen Lebens. Auf den Stufen der Eingangstreppe wuselten Ameisen. Und die Haustür hing so schief in den Angeln, dass man sie nicht schließen konnte.

»Macht nichts«, sagte Harri. »Die muss sowieso immer offen bleiben, damit nachts die Fledermäuse, die im Keller wohnen, rrrein- und rrrausfliegen können.«

Als wir durch diese ständig offene Tür gingen, kamen wir in einen Flur, in dem es roch wie in einer Gruft. Von dort gingen zwei Türen ab. Die eine führte in das Zimmer unseres Hausmeisters, sie war zu. Durch die andere gelangten wir in eine riesige Küche mit einem langen Tisch und einem uralten Herd, den man mit Holz befeuern muss.

»Alle Lebensmittel immer in den Schrank tun und die Türe fest schließen, hier gibt es Mäuse!«, ermahnte uns Harri.

Ja, man konnte sie riechen. Da lag ein stechender Nagetiergeruch in der Luft.

Durch eine Glastür führte Harri uns von der Küche auf eine Holzveranda. Hier könnte man nett und idyllisch sitzen, falls jemand die Brennnesseln rausreißen würde, die überall aus den Ritzen sprießen. Aber Harri riet davon ab, weil er nicht sicher war, ob der Holzboden uns aushalten würde. Und außerdem wusste er nicht mit letzter Sicherheit, wie die Hornissen in dem Nest an der Verandadecke reagieren würden, wenn wir unter ihnen arbeiten.

»Im Prinzip sind die friedlich«, sagte er. »Aber reizen muss man sie ja nicht. Sie waren schließlich zuerst da.«

Anschließend zeigte Harri uns das Badezimmer. Um es zu erreichen, muss man es erst heil über die Veranda schaffen, danach rechts abbiegen und am Haus entlanggehen. Irgendwann kommt man so zu einer Bretterwand, das ist unser Bad. Hinter der Wand steht unter freiem Himmel ein Steintrog. Man kann mit einer quietschenden Pumpe Wasser aus dem See hochpumpen und sich im Trog damit waschen. Damit die anderen sehen, dass das »Bad« besetzt ist, wirft man ein Handtuch über die Wand.

Wenn man im Trog den Stöpsel zieht, sickert das Wasser aus dem Becken einfach ins Gebüsch, deswegen dürfen wir hier nur biologisch abbaubare Seife und ebensolches Shampoo benutzen. Zwei große Flaschen stehen bereit. Zahnpasta ist aber okay, sagte Harri, die können wir einfach so in die Natur spucken. »Aber nicht auf die Kröte«, mahnte Harri. »Neben dem Trog sitzt abends nämlich oft eine Erdkröte, also bitte aufpassen.«
Die Toilette, ein Holzhäuschen, das man über einen weiteren Trampelpfad durch Brennnesseln erreicht, liegt ein bisschen abseits vom Haus. Als Harri bei der Besichtigungstour einladend die Tür öffnete, rechnete ich mit einem ekligen Plumsklo. Und ich war fest entschlossen, sofort abzureisen, falls darin Ratten wohnen sollten und falls Harri uns bitten würde, sie vor jeder Benutzung mit einem Warnruf zu vertreiben. Aber ich hatte Glück. In dem Häuschen stand eine schneeweiße Campingtoilette aus Plastik, wie man sie in Wohnmobilen benutzt. Sie ist mit einer Chemikalie gefüllt, die widerlich süßlich riecht und garantiert jede Ratte verjagt. Jeden Abend fährt der Hausmeister mit dem Motorboot rüber an Land und entsorgt dort auf dem Campingplatz den Inhalt der Kanister. Ein Plumpsklo wäre auf Dauer eine zu große Belastung des Öko-Systems der Insel und auch unhygienisch, immerhin sind wir hier 14 Leute, da kommt schon was zusammen. Wenn wir unterwegs bei den Herden sind und mal müssen, dürfen wir aber ins Gebüsch gehen, sagte Harri, da verteilt sich das.
»Und noch was.« Er hob den Zeigefinger. »Wenn ihr nachts mal rausmüsst und hier jemand faucht und keucht, schreit nicht gleich um Hilfe. Hier wohnen nämlich ein paar Igel. Die machen oft solche Geräusche.«

»Dürfen wir wenigstens auch fauchen und keuchen, wenn wir im Dunkeln in einen Igel reintreten?«, fragte einer von den Elfern. Das war der Moment, in dem ich beschloss, nach 17 Uhr nichts mehr zu trinken.

Zuletzt zeigte Harri uns noch unsere Schlafplätze im Haus, ganz oben unterm Dach. Es gibt einen Raum für die Jungs mit hellblauen Vorhängen und einen für die Mädels in rosa. Auf einem der Mädchenbetten sah ich zwei Ohrenkneifer und ich glaube, da war auch ein kleines schwarzes Insekt, das weghüpfte, als es uns sah.

Die beiden Mädchen aus der Elften besetzten schnell die Betten am Fenster, für Maiken, Vicky und mich blieben nur noch zwei Stockbetten gleich neben der Tür. Mir war das ganz recht, ich wollte gar nicht am Fenster schlafen. Wer weiß, welches Getier nachts draußen an der Hauswand hockkriecht. Unsere Betreuer schlafen zwar ein Stockwerk tiefer und würden meine Schreie hören, aber ich habe das ungute Gefühl, dass sie mir im Notfall keine Hilfe wären. Falls mich ein Untier fressen sollte, würden die doch nur anhand der Kratzspuren bestimmen, um welche Spezies es sich gehandelt haben könnte. Dann würden sie einen Fachartikel über den Fall schreiben und ich würde einfach auf dem Kompost landen. Die Tiere waren schließlich zuerst da.

Okay, ich übertreibe. Keine Panik. Tiiiief durchatmen. Ötzi hatte schließlich auch tierische Mitbewohner. In seinem Fellmantel hat man Hirschlausfliegen und zwei Menschenflöhe gefunden und in seinem Darm lebten Peitschenwürmer. Aber er hatte es da schon ein bisschen leichter als wir heutigen Menschen, er kannte wenigstens noch keine Bilder von sol-

chen Viechern aus dem Rasterelektronenmikroskop. Wer so ein Monster je in XXL gesehen hat, möchte mit ihm einfach nicht Unterwäsche oder Gedärm teilen.
Also echt, ich grusele mich hier gerade ziemlich. Wir haben jetzt eine Stunde Zeit, um unsere Koffer auszupacken und es uns gemütlich zu machen. Ha! Gemütlich? Wie soll das gehen?
Ich habe einfach meinen Rucksack in den Schrank gestellt, so wie er ist. Der bleibt zu! Sonst kriechen noch Flöhe, Läuse, Kakerlaken, Milben, Motten, Egel, Würmer, Ratten und Lurche in meine Klamotten.
Nein, ich bin nicht neurotisch, ich bin nur realistisch. Dieses Haus ist ein Biotop. Und Menschen sind hier nur geduldet, weil sie eine prima Nahrungsquelle abgeben.

11.55 Uhr Maiken ist eben schon runter in den Hof gegangen. Sie will da ein Kennenlernspiel vorbereiten, das sie nach Absprache mit Herrn Welter für uns ausgeheckt hat.
Mir graut davor! Hoffentlich müssen wir uns kein Wollknäuel zuwerfen und dabei unsere Namen sagen, so wie mal im Konfirmationsunterricht.
Oder den anderen mitteilen, was wir uns von der Zeit auf der Insel erhoffen und was wir selbst dazu beitragen möchten. Brrr.
Ich traue Maiken alles zu! Sie hat ja so ein gruppendynamisches Buch dabei.
Vielleicht ist es besser, wenn ich erst mal durchs Fenster einen Blick in den Hof werfe.

11.57 Uhr Waah! Maiken schleppt Stühle in den Hof und stellt sie kreisförmig auf. Ein Stuhlkreis!

12.00 Uhr Nee, nee, nee. Ich kann das nicht. Ich muss das auch nicht. Ich habe ein Problem mit Stuhlkreisen. Eine Stuhlkreis-Allergie sozusagen. Das ist ein frühkindliches Trauma und ich kann nichts dafür. Ich geh da nicht runter! Ötzi musste auch nicht in Stuhlkreisen sitzen! Und ich bin hier, um mich in der Wildnis zurechtzufinden. Wildnis und Stuhlkreis, das passt in etwa so gut zusammen wie Tarzans Jodelschrei und Blockflöte.

12.04 Uhr Ich werde Maiken alles erklären! Mein psychisches Problem mit Stuhlkreisen ist schon im Kindergarten entstanden, damals, als mir noch die Eierschalen hinter den Ohren klebten. Jeder Tag begann mit einem solchen Kreis. Wir mussten uns hinsetzen und erst mal »Brezelärmchen« machen, das heißt, wir mussten unsere Arme fest vor der Brust verschränken, damit wir unsere Nachbarn nicht mehr kneifen, schubsen und puffen konnten. Das war quasi so eine Art körpereigene Zwangsjacke, die wir uns selbst anlegen mussten, sehr praktisch. Und dann mussten wir unser Morgenlied schmettern, einen Wechselgesang aus Chor und Einzelstimmen, fast ohne Melodie, immer gleich, immer schrecklich.
Irgendwann kam ich dran, es war unausweichlich. «Lilia, bist du da?«, sangen alle Kinder im Chor und starrten mich an. Und obwohl jeder genau sehen konnte, dass ich da war, denn mein Kopf leuchtete signalrot aus der Kindermenge hervor, gab es kein Erbarmen. Die Zeit hielt an und sie würde erst weiterticken, wenn auch ich wie alle anderen singend geantwortet hatte: »Jaaaaha, ich bin da.«
Aber ich schluckte immer nur, statt zu singen, bekam keine

Luft mehr und weinte fast, bis ich es irgendwie schaffte, ein paar Laute herauszuquetschen, die mehr Geröchel als Gesang waren.

Keine Ahnung, warum das alles so schrecklich für mich war. Waren es die Blicke? Die Stille? Die Situation war irgendwie zu viel für mich. Es war grauenhaft, jedes Mal, bis zu dem Tag, an dem sich alles änderte.

»Lilia, bist du da?«, sangen die Kinder wieder und starrten mich an wie immer. Die Pause wurde lang und länger. Und da ertönte von rechts eine raue Kinderstimme und sang: »Jaaaaha, sie ist da.«

Der da antwortete war ein Junge, der genau wie ich neu in der Gruppe war. Er hieß Tom. Und er sang von diesem Tag an jeden Morgen an meiner Stelle. Bis zur Grundschule.

Uäääh! Ich wollte doch nicht mehr an Tom denken und nicht mehr von ihm schreiben, aber ich schaffe es einfach nicht.

12.15 Uhr So, Schocktherapie. Ich geh da jetzt runter, setze mich hin, obwohl immer noch keiner da ist außer Maiken, und mache schon mal Brezelärmchen. Ich muss solche Situationen ab jetzt alleine schaffen, ohne Tom. Und ich pack das!

14.00 Uhr Uff. Wir mussten nicht singen. Wir mussten uns auch keine Wolle zuwerfen. Was Maiken ausgeheckt hatte, war aber auch nicht viel besser.

»Damit ihr möglichst schnell eure Namen kennenlernt, machen wir ein kleines Spiel«, flötete sie, als wir alle unter der großen Linde im Kreis saßen und uns rundum unwohl fühlten. »Jeder von euch denkt sich jetzt mal ein Adjektiv aus, das ihn ein bisschen charakterisiert und außerdem mit denselben Anfangsbuchstaben anfängt wie euer Vorname. Je mehr Buchstaben identisch sind, desto besser. Und mit den Charaktereigenschaften sehen wir es jetzt mal nicht so eng. Es geht nicht darum, dass ihr euch wirklich ein passendes Etikett verleiht oder so. Die anderen sollen einfach eine Eselsbrücke erhalten, um sich eure Namen leichter merken zu können. Alles klar? Okay, Lilia, fängst du bitte an?«

»Ähm«, sagte ich und wurde so feuerrot wie damals im Kindergarten. »Ich hab das nicht kapiert. Was soll ich tun?«

»Kein Problem, dann fange ich eben an!« Maiken lächelte zuckersüß. »Passt auf: Ich bin, hmmm, die maiglöckchenduftende Maiken. Merkt ihr? Maiglöckchen – Maiken. Die Anfangsbuchstaben sind identisch. Den Namen vergesst ihr nie wieder. Alles klar, Lilia? Dann jetzt bitte du!«

»Okay«, sagte ich und betrachtete meine Fingernägel. »Also, Leute, ich bin die lila Lilia.«

»Und ich der rote Robert«, stellte sich mein Nachbar vor und ließ seine Fingerknöchel krachen.

»Dann bin ich ja wohl der hellgelbe Helge«, gähnte der Typ neben ihm, der eigentlich ganz nett aussah und wirklich ein gelbes T-Shirt trug. Und sein Nachbar stellte sich als der »karierte Karim« vor.

»Mann, sind wir ein bunter Haufen«, grinste Helge müde.

Dann kamen unsere Betreuer, die drei Biologen: der haarige Harri, den wir ja schon kennengelernt hatten, die sonnige Sonja und der knusprige Knut, der so rosig, rund und gemütlich aussah, dass wir alle lachen mussten bei diesem Namen.

»Ich bin die friedliche Friederike und ich finde dieses Spiel

bescheuert«, sagte ein blondes Mädchen mit Pferdeschwanz und Schafsnase.
Ähm, die und friedlich? Dann bin ich Mutter Teresa! Aber Maiken ließ sich von der Schafsnase nicht aus der Ruhe bringen, sie machte einfach weiter und so lernten wir auch noch den »tollen Torsten« kennen, der mit einem Mädchen flirtete, das sich als »sternengleiche Stella« vorstellte und auch genau so aussah. Vicky bezeichnete sich als «verführerische Vicky«. »Das sind nicht so wahnsinnig viele gleiche Buchstaben, aber es passt«, säuselte sie und versuchte, mit einem Augenaufschlag ebenfalls die Aufmerksamkeit des tollen Torsten zu gewinnen, denn der sah von allen Jungs am besten aus. Ihr Versuch blieb allerdings erfolglos, denn Torsten sah nur Stella. Wahrscheinlich sauste er in Gedanken schon mit der Sternengleichen durch die Milchstraße und alles andere war ihm schnuppe.
»Ja. Und ich bin der charmante Simon«, verkündete der Letzte in unserer Runde, ein langer Blonder mit gegelten Stirnfransen, und grinste frech. Alle kicherten. Nein, nicht alle. »Charmant schreibt man nicht mit S«, giftete Friederike.
»Aber es passt«, trötete Simon vergnügt.
»Regeln gelten für alle, auch wenn sie bescheuert sind!«, schnaubte Friederike und schleuderte ihren Pferdeschwanz nach hinten.
»Liebe Fritzi, zank mich nicht. Spuck mir lieber ins Gesicht«, reimte Simon, aber er lenkte ein. »Na gut, wenn du willst, darfst du auch eine Ausnahme von der Regel sein. Dann benenne ich dich um. Du bist jetzt nicht mehr die friedliche, sondern die niedliche Friederike.«
Die Schafsnase schnaubte wieder, aber ein bisschen geschmei-

chelt wirkte sie doch. Und definitiv friedlicher als vorher. Wenn auch nicht niedlicher.

Nach diesem heiteren Spiel in fröhlicher Runde teilte der haarige Harri uns in fünf Zweier-Gruppen ein. Sie heißen wenig schmeichelhaft nach unseren Aufgabengebieten: die Pferde, die Rindviecher, die Krabbler, die Blümchenzähler und die Psychos. »Für die Pferde gab es die meisten Interessenten«, erklärte Harri, »deswegen musste das Los entscheiden. Friederike und Karim, ihr seid unsere Pferdebeobachter.«

Vicky sah enttäuscht aus, aber ihr Blick ging schnell zu Torsten und ihre Miene entspannte sich wieder. Wahrscheinlich hoffte sie, mit ihm in eine Gruppe zu kommen und war deswegen nicht allzu traurig über den Verlust des Pferdejobs.

»Lilia und Simon bewachen die Auerochsen«, verkündete Harri und ich war ganz zufrieden mit dieser Kombination. Eigentlich ist es in meinem Fall egal, mit wem ich mir den Job teile. Wie Harri uns erklärte, sollen Simon und ich uns nämlich auf den Beobachtungskanzeln abwechseln und haben deswegen kaum was miteinander zu tun. Die anderen Gruppen ziehen immer zu zweit los, aber Simon und ich treffen uns nur beim Schichtwechsel. Trotzdem. Mit Fritzi wollte ich so wenig wie möglich zu tun haben und dieser selbstverliebte Torsten ist auch nicht so mein Fall. Dann doch lieber eine Zusammenarbeit mit Simon, dem Clown.

Der freute sich auch über diese Einteilung, zumindest grinste er über alle vier Backen, als er das hörte.

Unsere beiden »Psychos« sind Maiken und Helge. Sie sollen unsere Team-Diskussionen leiten und abends ein Freizeitprogramm für uns alle planen. Und wenn wir anderen tagsüber

unterwegs sind, schreiben sie psychologisch fundierte Texte für die Infotafeln, die später mal auf dem Festland und an allen Anlegestellen der Insel illegale Besucher vom Betreten der Weiden abhalten sollen.
Dann gibt es da noch die Blümchenzähler, die geschützte Pflanzen auf der Insel finden, zählen und in Karten eintragen müssen. Das sind – täräää – Stella und Torsten.
Tja, da hat die verführerische Vicky leider Pech gehabt. Dafür ist sie jetzt ein »Krabbler« und darf zusammen mit dem roten Robert Pferdeäpfel und Kuhfladen durchstochern und alle Lebewesen bestimmen, die sie darin findet, vom Mistkäfer über den Spulwurm bis hin zur Fliegenmade. So merkt man, ob die Tiere Parasiten haben.
Bin ich schadenfroh?
Neiiiiin. Ich doch nicht!

Zum Schluss legte Harri noch die Regeln fest, an die wir uns hier alle halten müssen: kein Sex, keine Drogen, kein hochprozentiger Alkohol. Handys aus, die sind nur für Notfälle, denn wir können die Akkus nicht aufladen, wenn sie leer sind. Nur unser Hausmeister hat seins immer an, den können wir bei einem Notfall also rund um die Uhr erreichen. Die Nummer bekommen wir später. Er ist noch nicht aufgetaucht, weil er heute auf dem Festland Baumaterial für einen Zaun besorgen muss.
Es gibt noch mehr Regeln: keinerlei Kontakt zu den Tieren. Kein Leichtsinn im Umgang mit ihnen. Höchste Genauigkeit bei den wissenschaftlichen Beobachtungen. Und das Wasser sollen wir nur abgekocht oder gefiltert trinken.

Na gut, so kann man mal zwei Wochen lang leben. Ich zumindest.

Anschließend mussten wir uns alle in einen Küchendienstplan eintragen, der im Flur aushängt. Und dann gab es Mittagessen: Spaghetti, von Sonja und Knut gekocht. Sie schmeckten ein bisschen nach Maus.

19.00 Uhr Ich sitze unter der großen Linde vor dem Inselhaus, trinke selbstgemachten Holunderblütensirup und lasse mir die Abendsonne auf die Nase scheinen. Die anderen sind schwimmen gegangen, aber ich wollte nicht mit. Bin gerade voll gechillt und froh, endlich mal allein sein zu können.
Maiken und Helge sind auch noch hier, aber die stören mich nicht. Sie rumoren gerade im Schuppen hinterm Haus und suchen Bierbänke. Die beiden wollen nämlich fürs Abendprogramm eine Art Biergarten aufbauen, mit Bewirtung und Live-Musik. Helge spielt den Kellner und Maiken spielt Gitarre, so haben sie sich das gedacht.
Ich bin froh, dass sie selbst spielen und nicht schon wieder Spiele mit uns machen wollen. Davon habe ich so langsam genug. Wir haben nämlich den ganzen Nachmittag lang gruppendynamisch gespielt. Erst hatten unsere Biologen eine Schnitzeljagd für uns vorbereitet, bei der wir die Insel kennenlernen sollten, »ein Abenteuer für alle Sinne«, das war das Motto. Wir mussten barfuß durch Schmodder waten, auf wackelige Hochsitze klettern, in hohlen Bäumen nach Zetteln tasten und Pflanzen an ihrem Geruch identifizieren. Pfefferminze habe ich geschafft, Bärlauch auch. Aber an Kerbel und Liebstöckel bin ich gescheitert.

Zusammen haben wir dann die Auerochsen und die Pferde beobachtet. Das war grandios! Wenn man vom Hochsitz aus beobachtet, wie die Herden aus dem Wald brechen und über eine Wiese ziehen, bleibt einem glatt die Luft weg. Man kommt sich vor wie in der Steinzeit.

Auf einer idyllischen Lichtung im Wald haben wir nachmittags gepicknickt und gebadet. Das Wasser ist toll, ich wollte gar nicht mehr raus. Musste ich aber, wir haben dann nämlich wieder Spiele gemacht. Grmpf. Wir mussten uns mit verbundenen Augen durch den Wald führen lassen, uns gegenseitig interviewen und zum Schluss mussten wir tanzen. Alle zusammen. Barfuß auf der Wiese, mit Gänseblümchen im Haar, zu Maikens Gitarrengeklampfe. Kein Witz!

Ich war so was von froh, dass hier keiner sein Handy anschalten darf, denn wenn es von diesem Tanz Fotos gäbe, könnte man Millionenbeträge von uns allen erpressen!

Ich habe ja die ganze Zeit innerlich geschimpft wie ein Rohrspatz, aber eins muss ich zugeben: So viel Natur um mich herum hatte ich in meinem ganzen Leben noch nicht, und das war gar nicht so schlecht. Irgendwie sogar heilsam. Ich fühle mich jetzt viel wohler auf dieser Insel und die Krabbelviecher machen mir nicht mehr so viel aus. Harri sagte, man müsse nur ganz viel Knoblauch essen, dann würden sie abdrehen, wenn man kommt. Okay, das mache ich. Vielleicht dreht so auch Vicky ab, wenn ich komme. Die wird nämlich gerade tierisch anhänglich. Typisch. Kaum ist Tom weg, wanzt sie sich an Maiken und mich ran.

19.28 Uhr Hach, mir geht's gut!!! Der ganze Stress der letzten Woche ist weg. Die Insel ist echt wie eine Oase für mich, ich kann hier alles und jeden vergessen. Mein früheres Leben kommt mir schon jetzt unwirklich vor wie ein Traum. Über mir im Baum singt eine Amsel. Von fern hört man ein Boot tuckern, aber das Geräusch wird leiser und leiser. Jetzt ist es halb acht und über den See klingen Kirchturmglocken zu mir herüber. Die Welt ist schön.

19.33 Uhr Hey, da hinten kommt ein Typ mit einer Kamera den Weg vom Bootssteg hoch. Das ist bestimmt unser Hausmeister. Was filmt der denn da?

19.35 Uhr Von Weitem sieht er ein bisschen aus wie Tom.

19.36 Uhr Mist, ich wollte doch nicht mehr an Tom denken.

19.37 Uhr Von Nahem sieht er auch aus wie Tom.

19.38 Uhr Tom???

Betreff: Insel des Schreckens
Datum: 11.06., 21:33 Uhr
Von: Tom Barker <wolfspfote@gmail.com>
An: Felix von Winning <snert@web.de>

So. Hier der erste Film.

Bald mehr von

Tom

Auf dem Bildschirm erscheint ein unscharfer grüner Fleck. Das Bild wird klar und man erkennt ein Blatt. Ein großes grünes Seerosenblatt, das auf dem Wasser schwimmt. Eine Ente gleitet vorüber, gefolgt von zehn Küken, die aufgeregt piepsen. »Test, test, test«, sagt Toms Stimme. Und dann: »Okay, alles klar.«
Die Kamera schwenkt weg vom Wasser und Toms Gesicht erscheint ganz nah vor der Linse, seine Nase wirkt dadurch unnatürlich groß. »Hi, Felix«, ruft er und kommt noch näher. Ein übergroßes Tom-Auge blinzelt ins Bild. Dann weicht er zurück und man sieht ihn richtig.
»Na, Mister X? Diddl-Maus ist jetzt also doch auf der Insel.

Aber nicht, weil du Druck gemacht hast, sondern weil dieser Job supergut bezahlt ist und weil sie hier auf der Insel ohne Hausmeister im wahrsten Sinne des Wortes knietief in der Kacke stecken würden! Seit der Typ krank ist, der den Job vorher gemacht hat, wurden nämlich die Kanister unseres Insel-Camping-Klos nicht mehr geleert und das darf ich nachher tun. Und morgen wieder. Jeden Tag. Brrr. Das ist allerdings das Einzige an meiner Arbeit, das mir im wahrsten Sinne des Wortes stinkt. Die anderen Aufgaben sind ganz okay. Zu meinem Job gehört es, jeden Tag von der Insel aufs Festland zu schippern und die Einkäufe abzuholen: Futter, Getränke, alles, was man so braucht. Ich muss das nicht selbst einkaufen, ich bringe eine Liste zu Walter, dem Besitzer des Campingplatzes, und er besorgt die Sachen im Laufe des nächsten Tages. Auf seinem Campingplatz leere ich dann auch die Klo-Kanister.

Heute habe ich den ganzen Tag geschuftet wie ein Auerochse. Ich war mit Walter im Baumarkt, Zaunpfähle kaufen. Wir haben sie eben mit dem Motorboot auf die Insel gebracht und an allen drei Landungsstegen welche abgeladen. Übrigens: Ich war am Steuer, yeah!

Walter ist ein toller Typ, so ein Alt-Hippie, sieht aus wie Gandalf. Er ist der Meinung, man solle sich und anderen das Leben nicht unnötig verkomplizieren. Also macht er es mir leicht. Ich darf in seinem Büro die Akkus für meine Kamera aufladen. Und wenn ich mit meiner Arbeit fertig bin, kann ich sein WLAN nutzen und dir die Filme in die Cloud laden, da kannst du jederzeit darauf zugreifen. Als Gegenleistung räum ich ihm seinen Computer ein bisschen auf, da ist vieles nicht

mehr auf dem neusten Stand. So wird auch sein Leben ein bisschen unkomplizierter.
Morgen fange ich mit meiner eigentlichen Aufgabe an: Ich soll rund um die gesamte Insel Pflöcke in den Boden hauen. Im Winter wollen die hier nämlich einen Elektrozaun spannen, sonst gehen die Kühe aufs Eis, wenn der See zufriert.«
Jetzt grinst Tom. »Der Hausmeister-Job ist viel besser als das Praktikum, das die anderen machen. Ich kann mich richtig auspowern, ich bekomme Geld dafür und habe sogar ein Einzelzimmer. Das ist der Joker!«
Die Kamera schwenkt nach links und zeigt eine Bucht. Ein paar Boote liegen hier umgedreht auf einem Sandstrand, umrahmt von Schilf und Gebüsch.
»Da irgendwo ist der Weg zu unserem Haus. Ich muss den morgen früh noch freischneiden, bevor ich mit dem Zaun anfange. Jetzt gehe ich da aber erst mal hoch und begrüße die anderen, sie müssten längst da sein. Bin gespannt, was sie sagen, wenn sie mich sehen.«
Das Bild bebt, Tom hat sich in Bewegung gesetzt, während er weiterspricht. Man sieht nur noch schwankendes Schilf. »Ich vermute, dass die Mädels sauer sind, weil ich ihnen nichts von meinem Job erzählt habe. Hätte ich echt tun sollen. Wollte ich aber nicht, ich wollte sie überraschen. Jep, ich bin ein Feigling. Na, denn man los. Du darfst live dabei sein, wenn sie mich massakrieren.«
Jetzt öffnet sich das Schilf, man sieht große Bäume und darunter ein altes Haus. Die Fensterläden hängen schief in den Angeln. Die Tür steht offen. Unter einem großen Baum vor dem Haus stehen ein Tisch und ein paar Stühle. In einem sitzt

ein blondes Mädchen mit Pferdeschwanz. Sie trägt Shorts und ein leuchtend blaues T-Shirt und schreibt etwas in ein Buch. Lilia.
Jetzt sieht sie auf. Sie greift nach der Sonnenbrille auf ihrer Nase und schiebt sie sich in die Haare. Sie legt den Kopf schräg und blinzelt gegen das Licht.
Die Kamera kommt näher und näher, man kann inzwischen Lilias Gesicht erkennen. Sie runzelt fragend die Stirn. Dann werden ihre Augen schmal und sie sieht wütend aus. Aber nur kurz. Die Stirn wird wieder glatt, auf einmal wirkt Lilia komplett ratlos. Sie hebt die Hände und lässt sie wieder sinken.
Und dann lächelt sie. Auf ihrer Wange erscheinen Grübchen, sie freut sich wirklich, das sieht man.
»Hi Tom«, sagt sie. Sie will weitersprechen, wird aber unterbrochen.
»Tooooomileiiiiin, was machst du denn hier? Lass dich drücken!!!«, quietscht Vicky schrill von hinten.
Lilias Lächeln gefriert.
Dann wackelt das Bild und wird schwarz.
Schnitt.
Ein gelber Lampion schaukelt an einem Zweig. Der Bildausschnitt wird größer und darin erscheinen weitere Lampions, rote, grüne und blaue. Sie hängen an den Ästen einer Linde. Darunter stehen Biertische mit weißen Decken aus Papier. Gänseblümchenketten dienen als Tischdekoration.
»So«, sagt Toms Stimme aus dem Off. »Ankunftstag, zweiter Teil. Ich habe die Begrüßung knapp überlebt und jetzt ist Party angesagt.«

Rechts im Bild poliert Maiken Gläser. Sie hat noch ein paar Sommersprossen mehr als sonst, ihre Wangen sind rot, ihre Augen blitzen. Als sie die Kamera sieht, lächelt sie und winkt.
»Maiken«, sagt Toms Stimme. »Sie war wirklich ein bisschen sauer, weil ich ihr nichts von meinem Job hier erzählt habe, aber dann hat sie es doch cool genommen. Die Idee mit den Videos findet sie super und sie lässt dich schön grüßen.« Maiken wirft ein Kusshändchen in die Kamera.
Ein braungebrannter Typ im hellgelben T-Shirt tritt neben sie und bewundert die Serviettenschmetterlinge, die Maiken gerade faltet. »Helge«, erklärt Tom. Er spricht leiser weiter. »Hat heute am Steg einen Karpfen geangelt. Hat ihn aber zurück in den See geworfen, weil Maiken fand, dass er traurige Augen hatte. Bahnt sich da was an? Ich bleibe dran. Mehr dazu in den nächsten Folgen!«
Mit einem Schlenker weicht die Kamera dem Löffel aus, den Maiken nach Tom geworfen hat. Offenbar hat er nicht leise genug gesprochen.
Im Hintergrund sieht man einen gemauerten Grill, auf dem Würstchen brutzeln. Davor steht ein großer blonder Typ mit jungenhaftem Gesicht.
»Wer andern eine Bratwurst brät, hat meist ein Bratwurstbratgerät«, ruft er und winkt mit der Grillzange.
»Das ist Simon, unser Pausenclown.« Tom klingt ein bisschen abfällig, als er das sagt.
»Und jetzt ich«, sagt eine Mädchenstimme aus dem Hintergrund. Tom dreht sich mit der Kamera um seine eigene Achse und vor der Linse erscheint Vicky mit frechem, weißblonden Kurzhaarschnitt in einem knallroten, hautengen Kleid.

»Huhu, Felix!«, säuselt sie und winkt. «Na, hast du mich gleich erkannt?« Sie stülpt die Lippen vor wie zu einem Kuss. »Schade, dass du nicht hier bist! Dann könntest du sehen, wie ich in Kuhfladen nach Käfern stochere, ein Anblick, den man bestimmt nicht so leicht vergisst! Na, vielleicht tauchst du ja auch noch so plötzlich auf wie Tom. Bei euch kann man ja nie wissen.« Sie entfernt sich langsam und wackelt dabei aufreizend mit dem Hintern.
»Vickys Freudenschrei vorhin hast du ja gehört. Sie hat mich fast erwürgt, als sie mich gesehen hat«, erzählt Tom aus dem Off.
Plötzlich wird es vor der Linse leuchtend blau und man sieht für einen Moment gar nichts mehr. Irgendjemand latscht einfach durchs Bild.
»Lilia«, flüstert Tom. »Sie war nicht sauer. Sie hat irgendwie so gar nicht reagiert. Das hatte ich nicht erwartet.« Er räuspert sich und spricht laut weiter, reißerisch wie ein Showmaster. «So, und hier kommt unser Leitungsteam: Der Wikinger ganz vorn, das ist Harri. Ein Mann wie ein Bär. Er ist aus dem fernen Finnland zu uns gekommen und sein Spezialgebiet sind Mistkäfer. Kein Witz! Ein Applaus für Harri, den Schrecklichen! Und danach bitte gleich noch mal weiterklatschen. Hinter ihm schreitet Sonja auf die Bühne, unsere Frau für alle Felle. Felle mit e, wohlgemerkt. Sie ist nämlich Expertin für Wildkaninchen, Bisamratten und Bilche. Und der dritte im Bunde, das ist unser Knut. Quadratisch, praktisch, gut.«
Der korpulente Mittdreißiger hebt den Arm und ballt die Faust wie ein Boxer vorm Wettkampf.
»So«, sagt Tom. »Die Party läuft, aber ab jetzt erst mal ohne

mich. Ich muss noch eben über den See tuckern und meinen Job erledigen. Ich beklage mich nicht, denn ich freue mich auf die Fahrt übers dunkle Wasser. Und auf den Besuch bei Walter. Aber auf die Klo-Kanister freu ich mich nicht. Okay, morgen geht's weiter! Schlaf gut, Mister X, wo immer du bist.«

Sonntag, 12. Juni

Überall auf mir sind winzige Füße! An meinem Ohr, meinem Bein, meinem Bauch. Mücken, Spinnen, Ameisen und Käfer, alle wollen auf mir wohnen. Mein schlaues Buch rät: »Wenn dich Insekten plagen, iss sie auf. Dann hast du zwei Probleme weniger: Ärger weg, Hunger weg.« Quatsch, dann habe ich ein Problem mehr, dann ist mir nämlich auch noch schlecht.

0.07 Uhr Mensch, es ist schon kurz nach Mitternacht und ich kann überhaupt nicht einschlafen. Vielleicht war es doch keine so gute Idee, mit Schlafsack und Isomatte hier draußen am Seeufer zu übernachten. Aber ich hatte ja gar keine Wahl. Hätte ich mich stattdessen ins Mädchenzimmer legen und abwarten sollen, ob Vicky von ihrem nächtlichen Date mit Tom zurückkommt oder ob sie gleich ganz bei ihm pennt? Nee, das schaffe ich nicht. Noch nicht. Außerdem kann man hier draußen um diese Zeit textilfrei baden. Habe ich eben gemacht. Fühlte mich wie eine Nixe. Mit jeder Körperzelle habe ich gespürt, dass ich lebe.

0.09 Uhr Zum Glück ist es hier nicht dunkel. Der Mond über mir ist groß und hell. Seitlich nimmt er schon ein bisschen ab, aber ein paar helle Nächte habe ich noch. Außerdem besitze ich eine Taschenlampe, die sehr praktisch ist. Wenn das Licht schwächer wird, muss man nur ein paar Minuten kurbeln, dann ist es wieder hell. Auf diese Weise kann ich schreiben, so lange ich will. Und Krabbeltiere finden, die mich kitzeln. Bäh, da ist wieder eins auf meinem Arm. Was ist es denn diesmal? Aha, eine Ameise.

0.12 Uhr Boah, bin ich cool! Seit vorgestern bin ich echt ziemlich gereift. Ich kreische nicht mal mehr bei Insekten! Wenn Paps das sehen würde, er würde es nicht glauben.
Die Bäume, die Tiere und die Stille machen mich ganz ruhig. Davon will ich mehr haben, deswegen schlafe ich jetzt ein paar Nächte lang hier draußen und werde eins mit der Natur. Sollte es regnen, krieche ich einfach unter eins der Boote, die hier umgedreht am Strand trocknen. Sie liegen an einer Seite auf einem Baumstamm auf und so entsteht ein breiter Spalt zwischen Boot und Sand, durch den ich locker durchpasse. Wenn man darunter liegt, fühlt man sich wie in einer Höhle. Selbst Ötzi würde sich dort wohlfühlen.
Aber im Moment liege ich lieber unter freiem Himmel. Da sind ganz viele Sterne über mir, schöööön.
Ich habe mich verändert. Gelassenheit und Ruhe, das ist die neue Lilia.

0.18 Uhr Als ich gestern unter der Linde saß, war mein bisheriges Leben ganz weit weg. Nah waren nur der Baum über mir und die Amsel, die darin sang. Der Holunderblütensaft in meinem Glas. Die Hummel, die um mein Glas summte, weil der Saft so duftete. Und die Luft um mich herum, die genau dieselbe Temperatur wie meine Haut hatte. Ich fühlte mich in diesem Moment ein bisschen, als wäre die Luft gar nicht da. Oder vielleicht auch, als wäre ich gar nicht da. Was ich sagen will: Ich wusste nicht genau, wo ich aufhörte und die Luft anfing, das war ein schönes Gefühl.

Und dann kam Tom. Plötzlich stand er vor mir.

Und ich? Was tat ich? Nichts! Ich fühlte nicht mal besonders viel. Klar, ich war erstaunt, als er so unerwartet auftauchte. Aber ich dachte nicht, wo kommt denn der jetzt her, und auch nicht, Mist, mein T-Shirt hat einen Fleck und meine Nase glänzt bestimmt. Ich dachte einfach nur, oh, da ist ja Tom. Und ich hab mich gefreut, ihn zu sehen, so, wie ich mich schon immer gefreut habe, wenn er vor mir stand.

Das war auch ein schönes Gefühl. Tom und ich – wir sind und wir bleiben Freunde. Alles andere zählt doch eigentlich gar nicht.

Ich wollte gerade etwas in diese Richtung sagen, da kam Vicky. Sie kreischte wie ein Ferkel, sprang Tom an und erwürgte ihn vor lauter Begeisterung fast. Sofort kam mir wieder die Galle hoch und ich hätte am liebsten gegen ihr Schienbein getreten. Aber ich habe das nicht getan, ich bin einfach aufgestanden und gegangen. Und kaum war ich weg, wurde ich wieder ganz ruhig. Was hat das mit mir und Tom zu tun, dachte ich.

Und in diesem Moment habe ich beschlossen: Ich will Vicky nicht mehr bekämpfen. Ich kämpfe auch nicht mehr um Tom. Ich bin keine Jägerin und er ist kein Beutetier. Ich bin auch keine Anglerin und er ist kein Fisch am Haken. Nie, nie, nie wieder will ich in dieses Fahrwasser geraten.

Wer bitte schön ist Vicky? Sie spielt in meinem Leben doch

überhaupt keine Rolle. Sie ist für mich kein Thema mehr. Was zwischen Tom und ihr läuft, hat nichts mit der Freundschaft zwischen Tom und mir zu tun. Wenn er sich je in Vicky verliebt – okay, soll er. Wir bleiben trotzdem Freunde. Ich werde das künftig trennen. Ich kann das! Vielleicht jetzt noch nicht, aber bald.
Inzwischen weiß ich: Tom ist hier auf der Insel, weil Herr Welter ihm einen Job vermittelt hat. Und Tom hat ihn angenommen, weil er auf eine Reise nach Island spart, das hat er Maiken erzählt.
Gut. Von Island träumt er schon lange. Bestimmt bringt er mir was mit und mogelt es mir in die Jackentasche. Vielleicht ein bisschen Vulkangestein. Daran denke ich jetzt und an sonst gar nichts.
Mann, bin ich gereift!
Ich gebe aber zu: Ich trau mir da selbst noch nicht ganz. In schwachen Momenten muss ich Vicky nur ansehen und meine Reife schmilzt dahin wie Ötzi in der Sonne. Deswegen ist es besser, wenn ich noch für ein bisschen Abstand zwischen ihr und mir sorge. Bevor ich Vicky also dabei zusehe, wie sie ihre Netze um Tom spinnt, wohne ich lieber hier und genieße die Gesellschaft von echten Spinnen.

0.39 Uhr Ich kann immer noch nicht schlafen, die Krabbelviecher nerven mich. Soll ich sie doch essen?
In meinem schlauen Buch steht, Ekel sei nicht angeboren, sondern anerzogen. Von Natur aus ekeln sich Menschen nämlich vor fast gar nichts. Und weil Ekel ein Kulturprodukt ist, ekeln sich überall Menschen auf der Welt vor anderen Dingen. In

Kambodscha zum Beispiel essen die Leute frittierte Taranteln und finden sie lecker. Dafür ekeln sie sich vor Käse, der für sie nichts anderes ist als vergammelte Milch, und den finden wir wiederum lecker.
Urahn Ötzi hat übrigens keine Krabbeltiere gegessen. Seine letzte Mahlzeit bestand aus Steinbockfilet, Brot und Salat und am Tag vorher gab's bei Ötzis Hirsch. Die Fliegenmade, die man in seinen Innereien fand, hat er wohl aus Versehen mitgefuttert.

0.49 Uhr Ich glaube, ich gebe den Krabblern jetzt einfach Namen und versuche, sie lieb zu haben. Wenn ich es lerne, ihre Füße niedlich zu finden, stören sie mich vielleicht nicht mehr. Diese Ameise hier heißt jetzt also Amelie. Na, Süße?

0.51 Uhr Autsch. Amelie hat gebissen.

0.52 Uhr Ha! Wenn's nur das wäre! In meinem schlauen Buch steht: Nicht der Biss der Ameisen schmerzt. Sie pinkeln einen hinterher auch noch mit Ameisensäure an, deswegen brennt das so. Also echt, Amelie, das ist nicht witzig. Ich überlege ernsthaft, ob ich dich doch essen sollte.
Nein, keine Angst, Mama hat nur Spaß gemacht.

0.54 Uhr Ich glaube, das war gar nicht meine Amelie, die tut so was nicht, das war einer ihrer Kumpels. Es sind nämlich plötzlich ganz viele Ameisen da, sie hat wohl Freunde eingeladen und so langsam artet das aus wie eine Facebook-Party. Ich verlagere meinen Schlafplatz vielleicht mal ein bisschen nach links, könnte sein, dass ich mich auf einen Ameisenhügel gebettet habe.

1.03 Uhr Da raschelt was im Schilf. Klingt wie ein kleines Tier. Bestimmt ist es ein freundliches, niedliches, wuscheliges mit schwarzen Knopfaugen, das nur Nüsse frisst und Obst knabbert. BESTIMMT!!!

1.05 Uhr Ein Vogel! Ich habe ihn mit meiner Taschenlampe angeleuchtet, da ist er weggeflattert.

1.07 Uhr Vielleicht sollte ich gar nicht mehr schreiben, sondern lieber schlafen? Ich versuch das jetzt mal. Wenn ich es nämlich tatsächlich schaffe, allein am Seeufer einzuschlafen, kann ich jede Nacht hier draußen übernachten. Dann sehe ich Vicky so gut wie gar nicht mehr, höchstens vielleicht mal vom Hochsitz aus, wie sie in einem Kuhfladen stochert, was ich möglicherweise sogar ganz gern sehe. Dann bin ich frei und sie kann mir nichts mehr anhaben. Also los.

1.09 Uhr Ich schaff das. Ist doch gar nicht so schwer. Einfach Augen zu und gleichmäßig atmen.

1.11 Uhr Ötzi musste auch allein unter freiem Himmel schlafen. Okay, vielleicht war er ja gar nicht allein, das weiß man natürlich nicht. Aber wenn jemand bei ihm war, dann war es vielleicht sogar sein Mörder und auf solche Gesellschaft kann ich gern verzichten. Wenigstens vor Bösewichtern bin ich hier auf der Insel sicher. Wer sollte hier schon nachts sein Unwesen treiii————

1.35 Uhr Himmel!!! Das war der Schock meines Lebens. Mir

zittern immer noch die Finger, ich kann kaum schreiben. Eben brach eine dunkle Gestalt durchs Schilf und kam grunzend und schwer atmend auf mich zu, gerade als das Licht meiner Taschenlampe schwächer und schwächer wurde und ich in der kohlrabenschwarzen Dunkelheit nur noch Sachen im Umkreis von 30 Zentimetern erkennen konnte.
Ich wollte aber nicht warten, bis das Grunzwesen so nah war! Auf gar keinen Fall! Also nutzte ich meine Taschenlampe anders. Ich warf sie mit voller Wucht in die Richtung des Geräusches.
»Au, spinnst du!«, jaulte Maiken, die da gerade mit ihrem Schlafsack und einer aufgeblasenen Luftmatratze durch den Schilfgürtel brach und dabei ächzte wie ein Triebtäter. Zum Glück habe ich sie nur an der Schulter getroffen und zum Glück konnte ich die Taschenlampe leicht wiederfinden, weil sie immer noch schwach glühte.
»Was machst du denn hier? Kannst du nicht anklopfen?«, fauchte ich ohne jedes Mitleid.
»Boah, ich bin so genervt. Die sternengleiche Stella ist sternhagelvoll und schnarcht zum Steinerweichen!«, knurrte Maiken und rieb sich die Schulter. »Ich will dir außerdem mein Soziogramm zeigen.«
»Dein Sozio-was? Nachts um zwei???«
Maiken zuckte nur mit den Achseln und wedelte mit einem Zettel vor meiner Nase herum. »So was macht man, um Gruppen zu analysieren. Guck mal.«
Sie nahm mir die Taschenlampe weg und leuchtete auf das Blatt. »Da stehen die Namen von uns allen. Und die Pfeile sagen, mit wem wir uns unterhalten haben. Dicker Pfeil, viel geredet. Dünner Pfeil, wenig kommuniziert. Klar?«

Ich starrte auf das Blatt.

»Okay«, sagte Maiken und tippte auf das Papier. »Ein paar der Ergebnisse waren vorhersehbar. Die Elfer saßen zusammen, wir Zehner waren am anderen Tischende und die Betreuer an einem Extratisch. Mit denen konnte man sich schwer unterhalten, denen konnte man nur was zurufen. Aber trotzdem zeigt das Bild Zusammenhänge, die mir vorher so nicht klar waren.«

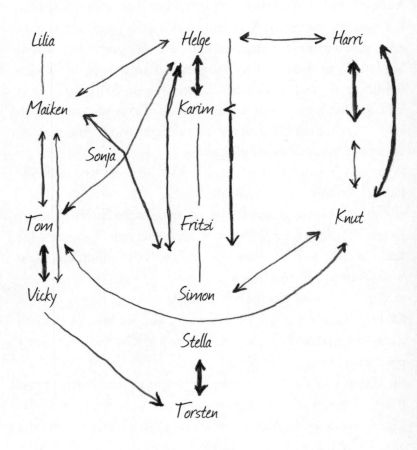

»Willst du drüber reden?«, fragte Maiken leise.
Ich schluckte. »Da gibt's nichts zu reden. Mit Tom hatte ich hier nicht gerechnet, das hat mir einfach die Sprache verschlagen. Und nach Gruppendynamik ist mir gerade nicht so. Ich brauche Zeit für mich.«
»Ist es wegen Vicky?«, fragte Maiken. »Weil Tom immer noch mit ihr draußen vorm Haus sitzt?«
Aua. Das hätte ich jetzt lieber nicht gewusst.
»Maiki, das ist mir ganz egal. Da steh ich drüber. Du weißt es noch nicht, aber ich bin gereift, seit ich hier bin.«
»Ach«, sagte Maiken.
»Ja.«
»Okay.« Maiken seufzte abgrundtief, aber sie hakte nicht weiter nach. Sie kuschelte sich in ihren Schlafsack ein und atmete nach ein paar Minuten ruhig und gleichmäßig.

1.55 Uhr Schön, dass Maiken da ist. Seitdem fühle ich mich besser, ich gebe es zu. Schön aber auch, dass sie jetzt schläft. Dieses Soziogramm hat mich ein bisschen fertiggemacht. Ich hab gar nicht gemerkt, dass ich den ganzen Abend nichts gesagt habe. Ich bin zurzeit einfach nicht besonders gesellig drauf. Gääähn. Ich glaub, ich schlaf jetzt auch. Morgen wird's ernst, dann beginnt der Alltag auf der Insel. Meine wichtigste Aufgabe wird sein: Ich muss mich von Tom und Vicky fernhalten.

2.03 Uhr Grmpf. Ob die wohl immer noch vorm Haus sitzen?

Betreff: Insel der Abenteuer
Datum: 12.06., 19:15 Uhr
Von: Tom Barker <wolfspfote@gmail.com>
An: Felix von Winning <snert@web.de>

Hi!

Hier die Fortsetzung ...

Bye,
Tom

»Lieber Zuschauer«, sagt Tom und blickt ernst in die Kamera. »Herzlich willkommen zur zweiten Folge unserer Insel-Show. In einem aufwendigen Casting wurden zehn Teilnehmer ausgewählt, die sich hier in freier Wildbahn unter härtesten Bedingungen bewähren müssen. Und du wirst erfreut sein, zu hören, dass alle die erste Nacht überlebt haben. Allerdings mussten einige fernab der Zivilisation bereits Schwierigkeiten meistern, mit denen sie in ihren schlimmsten Träumen nicht gerechnet hatten. Stella zum Beispiel weiß jetzt: Wer nachts zwei Treppen runter und dann quer durch die Pampa gehen muss, wenn er mal muss, der sollte abends besser nicht fünf Flaschen Bier trinken. Und Torsten, der heute im Morgengrauen seine erste Dusche in unserem Außenbadezimmer nahm, hat am eigenen Leibe erlebt: Diese Insel ist nichts für Warmduscher.

Den Härtetest haben aber Lilia und Maiken überstanden: Sie haben heute am See übernachtet. Anbei bemerkt: Für die Frisur ist so was gar nicht gut.«

Die Kamera schwenkt nach links und nimmt Lilia ins Visier. Ihre Haare sehen aus wie ein Vogelnest. Als sie die Kamera sieht, streckt sie die Hand aus und hält sie vor die Linse. Tom dreht das Gerät und jetzt erscheint er selbst wieder im Bild.

»Wir dürfen gespannt sein, wer von unseren Kandidaten zuerst um Gnade bettelt und den befreienden Satz ruft: Ich bin jetzt gar, holt mich hier raus. Aber noch ist es nicht so weit. Ein neuer Tag beginnt und alle sind voll Hoffnung, ihn meistern zu können. Thema unserer heutigen Sendung ist der typische Tagesablauf auf unserer Insel. Es ist jetzt gerade sechs Uhr. Weckzeit. Diesen Job hat Maiken übernommen und ich frage mich, wie lange sie das überleben wird. Erste Morddrohungen wurden bereits geflüstert.«

Man hört von Weitem ein rhythmisches Klopfen. Schwankend bewegt sich der Bildausschnitt auf die Verandatür in der Küche zu, das Geräusch wird lauter.

Jetzt sieht man Maiken. Sie sitzt im Schneidersitz auf der Veranda, die Augen geschlossen, und wendet ihr Gesicht der aufgehenden Sonne zu. Ihre kurzen Haare stehen in alle Richtungen ab. Sie schlägt mit den Handflächen auf eine fellbespannte Trommel.

»Klingt genau wie die Paukenschläge, die die Sklaven auf Galeeren angetrieben haben, und so ist das auch gemeint«, sagt

Tom aus dem Off. »Wenn diese Trommel ruft, wissen alle: Wer jetzt nicht sofort aufsteht, der wird in wenigen Minuten von Knut höchstpersönlich geweckt, und der hat einen nassen Schwamm dabei. Das riskiert keiner freiwillig.«

Szenenwechsel. Lauter käsige Gestalten sitzen schweigend um den Küchentisch herum und schaufeln sich geistesabwesend mit klobigen Löffeln Müsli in den Mund. Man hört nur das Ticken der großen weißen Küchenuhr, die an der Wand über dem Herd hängt.

»Das Team frühstückt«, erklärt Tom überflüssigerweise. »Ja, das ist wirklich ein verdammt lustiger Haufen. Alle freuen sich auf den neuen Tag, sie können es kaum erwarten, ihre überschäumende Schaffenskraft in den Dienst der Wissenschaft zu stellen. Und alle freuen sich auf Harris Morningshow mit dem Titel ›Finnisch für Anfänger‹. Jeden Morgen will Harri uns nämlich ein paar Worte aus seiner Muttersprache beibringen, das hat er versprochen.«

»Richtig«, sagt Harri und streicht sich zufrieden den Bart. »Seid ihr bereit? Wir beginnen mit einem besonders schönen Wort: Jäätelötötterö. Das ist Finnisch für Eiswaffel. Wusstet ihr, dass die Finnen die größten Eisesser in Europa sind? Nein, das wusstet ihr nicht, aber jetzt wisst ihr es. Und jetzt alle im Chor: Jäätelötötterö.«

Nur Simon reißt brav seinen Mund auf und blökt: »Jäätelötötterö«. Alle anderen verdrehen die Augen und Harri sieht ein bisschen enttäuscht aus.

»Nimm's nicht persönlich.« Simon prostet Harri mit seinem Kaffeebecher zu. »Die Nacht war heftig. Bei denen kommt heute alles als Konfetti an.« Er grinst verschwörerisch in die

Kamera. »Pass mal auf, ich erzähl mal einen Witz. Wetten, dass die den nicht kapieren. Also: Was liegt am Strand und spricht undeutlich? Na? Was?«
»Lilia vielleicht?«, fragt Vicky.
»Eine Nuschel!« Simon reißt den Mund auf und lacht wiehernd. Er lacht als Einziger.
Ein Typ und ein Mädchen mit Pferdeschwanz erheben sich ächzend, klopfen zum Zeichen des Abschieds auf den Tisch und verlassen das Haus.
»Das sind Karim und Friederike«, erklärt Tom. »Sie machen sich auf die Suche nach den Pferden und kontrollieren deren Gesundheitszustand. In die Herde ist nämlich vor ein paar Tagen ein neues Pferd eingegliedert worden und die Tiere sind unruhig. Wenn es zu Rangordnungskämpfen zwischen den Stuten kommen sollte, kann es passieren, dass sie sich gegenseitig verletzen. Außerdem sind zwei Tiere trächtig und auch nach denen muss man täglich sehen.«
Tom folgt den beiden aus dem Haus. »So. Ich vermute, dass die Pferde am Südufer sind, denn da sind sie morgens meistens. Und weil ich dort auch mit meinen Zaunpfosten anfangen will, begleite ich die beiden jetzt.«
Szenenwechsel. Im Sucher der Kamera erscheint ein hölzerner Hochsitz. Oben sitzen Karim und Friederike und beobachten mit Ferngläsern eine friedlich grasende Pferdeherde. Immer mal wieder setzen sie die Ferngläser ab und notieren etwas. Viel gibt es aber nicht zu beobachten, denn die graubraunen Tiere sehen kein bisschen unruhig aus.
Die Kamera schwenkt nach links, wo ein großer Stapel mit Zaunpfählen liegt. »Tja«, sagt Tom. »Hier sollte ich jetzt eigent-

lich hämmern und sägen, aber das geht gerade nicht, weil die Herde so nah ist. Das gibt mir Zeit, noch ein bisschen durch die Gegend zu streifen, vielleicht kann ich noch unsere Blümchensammler oder die Käferzähler filmen.«

Wieder ein Szenenwechsel. Vicky erscheint im Bild. Sie trägt eine khakigrüne Hose mit vielen Taschen, ein schwarzes Tank-Top und ein Stirnband gegen den Schweiß. An den Händen hat sie Gummihandschuhe. Sie winkt kurz, kniet sich auf den Boden und füllt mit einem winzigen Löffel eine braune Masse in ein Reagenzglas.

»Hey Vicky! Erzähl doch mal, was du da gerade machst!«, ruft Tom ihr zu.

»Also«, murmelt sie, während sie ein weiteres Reagenzglas füllt. »Hier ist sozusagen die Kacke am Dampfen, das heißt, dieser Kuhfladen ist noch ganz frisch. So einen habe ich gesucht, weil darin noch keine Fliegenmaden sein können. Ich nehme jetzt zwei Proben und untersuche die nachher unter einem Mikroskop. Wenn ich da irgendetwas finde, das nicht hineingehört, geht die zweite Probe weiter an die Tierärztin. Sie stellt dann fest, was das für Parasiten sind, und legt einen Behandlungsplan fest.« Prüfend hält Vicky das Glas gegen die Sonne.

»Und was gehört da nicht rein?«, fragt Tom aus dem Off.

»Alles was aussieht wie ein Wurmei und alles, was sich bewegt, lächelt, winkt oder spricht«, meint Vicky achselzuckend.

»Unsere Vicky!«, ruft Tom begeistert. »Als hätte sie nie etwas anderes getan. Oha! Was ist das?«

Er nimmt mit der Kamera ein Wäldchen ins Visier und man sieht ein Pärchen, das im Schatten eines Baumes knutscht.

»Tja«, meint Tom. »Das sind Torsten und Stella. Eigentlich sollten sie Pflanzen sammeln und bestimmen, aber irgendwie haben sie das falsch verstanden. Na, ich will sie nicht stören, sie sollen zu Ende bringen, was sie begonnen haben. Ich schaue so lange lieber mal nach, was die Auerochsen machen.«
Szenenwechsel. Die Kamera filmt durch Blätterdickicht. Man sieht eine riesige schwarze Kuh, die mit halbgeschlossenen Augen auf der Wiese liegt und wiederkäut. Sie hat gewaltige Hörner und eine merkwürdige Frisur, die ein bisschen aussieht, als hätte sie sich den Pony selbst geschnitten. Sie zuckt mit den Ohren, um Fliegen abzuwehren.
»Eine Auerochsenkuh«, sagt Tom. Dann zeigt die Kamera den Hochsitz im Hintergrund der Kühe. »Und da sitzt Lilia.« Er zoomt näher und tatsächlich erkennt man Lilia, die auf der Kanzel sitzt und ein Buch liest. Sie sieht Tom und winkt.
»Jetzt willst du sicher wissen, wo sich unsere Psychos herumtreiben. Aber die kann ich dir nicht zeigen, die sind zu Hause geblieben und machen es sich in der Gartenlaube gemütlich. Offiziell nennen sie das Besprechung, aber sie haben sich Liegestühle aufgestellt. Keine Sorge, Sportsfreund. Nachher gehe ich rüber und stör die ein bisschen.
Okay, ich sehe gerade, die Pferde sind weitergezogen, ich kann jetzt hämmern. Also, bis morgen!«

Montag, 13. Juni

Noch ein Tipp aus meinem schlauen Buch: Einsamkeit ist in der Wildnis kein unlösbares Problem. Wenn du jemanden zum Reden brauchst, nimm einfach den Kopf deines letzten Beutetiers und unterhalte dich mit ihm!

9.00 Uhr Hmm, ein reizvoller Gedanke. Einseitiger als eine Unterhaltung wie die eben mit Maiken und Helge kann so ein Gespräch auch nicht ausfallen.
Unser dritter Tag auf der Insel. Wir sitzen gerade an dem Tisch unter der Linde vorm Haus: Maiken, Helge und ich. Die beiden wälzen psychologische Fachbücher und feilen an irgendwelchen Texten für die Infotafeln. Auf all meine Gesprächsangebote reagieren sie genervt. Ich weiß ja nicht, ob ihr Verhalten psychologisch gesehen einwandfrei ist, ehrlich gesagt habe ich da meine Zweifel. Aber sie sagen, sie seien zwar für die Stimmung im Team verantwortlich, aber nicht rund um die Uhr. Und sie seien keine Therapeuten. Und schon gar nicht MEINE Therapeuten. Pfff.
Ich habe fast den Eindruck, als wollten mich die beiden loswerden.
Eben hatte ich mir eins ihrer Psycho-Bücher geschnappt, ein

bisschen darin gelesen und mir eigene Gedanken dazu gemacht. Dann wollte ich Maiken und Helge an den Perlen meiner Weisheit teilhaben lassen. Ich hätte diese aber ebenso gut vor die Säue werfen können.

»Boah, wusstet ihr das?«, rief ich. »Man kann selbst mit wissenschaftlichen Methoden nicht zweifelsfrei feststellen, ob jemand lügt. Nicht mal mit einem Lügendetektor.«

Jetzt sahen sie auf. Ihre Blicke konnte man aber nicht anders als gequält nennen. Okay, sie wussten ja auch noch nicht, was für einen Knüller ich in diesem Buch entdeckt hatte.

»Es gibt beim Menschen kein einziges eindeutiges Anzeichen für eine Lüge. Aber es gibt einen Trick, mit dem man ziemlich sicher herausfinden kann, ob jemand die Wahrheit sagt.«

Jetzt hätten die beiden ihre Bücher sinken lassen müssen. Um atemlos zu fragen, wie dieser Trick geht. Doch sie taten nichts dergleichen.

»Also«, sagte ich trotzdem fröhlich, denn ich wollte ihnen das jetzt einfach erzählen. »Man lässt sein Gegenüber die ganze Geschichte zweimal erzählen, einmal in der richtigen Reihenfolge, einmal rückwärts. Lügner machen dann Fehler.«

»Toll«, sagte Maiken. Es klang einen Tick ironisch, aber ich wollte jetzt nicht pingelig sein und beschloss, diesen Kommentar als Interesse zu werten.

Ich spann meinen Gedanken weiter. »Wisst ihr was? Ich glaube, Ötzi wusste das nicht. Ich vermute, er wurde belogen, und weil er das nicht gemerkt hat, konnten seine Gegner ihn ermorden. Alle Fakten sprechen dafür.«

»Welche Fakten?«, fragte Helge. Ha! Ich hatte ihn. Er wollte das wissen! Maiken nicht, sie starrte Helge nur wütend an.

Egal. Ein Zuhörer reichte mir. »Pass auf, das war damals vor fünftausend Jahren so: Rund vierundzwanzig Stunden vor seinem Tod war Ötzi in einen Nahkampf verwickelt. Das erkennt man noch heute an Kratzspuren an seinem Körper. Ungefähr sechs Stunden vor seinem Tod bestieg er einen Berg, was man an den Pollen an seiner Kleidung erkennt. War er auf der Flucht? Versuchte er, seine Verfolger abzuhängen? Das weiß man nicht. Dagegen spricht aber, dass er rund eine Stunde vor seinem Tod ganz gemütlich eine ausführliche Mahlzeit zu sich nahm. Das tut man doch nicht, wenn man flieht.«
Helge hörte mir immer noch zu und ich wandte mich nur noch an ihn, als ich weitererzählte. »Dann hat sich Ötzi wieder auf den Weg gemacht und irgendjemand hat ihm von hinten einen Pfeil in den Rücken geschossen. Zack. Tot.«
»Echt?«, fragte Helge. Maiken trat ihm ans Schienbein. Ich glaube, sie wollte, dass ich das sah. Ich tat aber, als hätte ich nichts bemerkt.
»Ich glaube, es gibt zwei Möglichkeiten«, fuhr ich fort. »Entweder hat Ötzi den Steinbock nicht allein gegessen. Jemand könnte bei ihm gewesen sein, mit ihm gepicknickt haben, ihn auf seinem Weg begleitet und ihn von hinten ermordet haben. Oder jemand hat ihm nach dem Nahkampf im Tal glaubhaft versichert, dass ihm niemand folgen würde, was aber nicht stimmte.«
»Warum beschäftigst du dich eigentlich die ganze Zeit mit diesem gefriergetrockneten Steinzeitgrufti?«, fauchte Maiken. »Ist doch egal, warum er getötet wurde. Den Mörder kannst du sowieso nicht mehr schnappen, der ist inzwischen zu Staub zerfallen. Wieso denkst du darüber nach?«

»Menno, weil mir langweilig ist. LANGWEILIG!«
»Mir aber nicht, ich hab zu tun. Also lass mich jetzt mal mit diesem Ötzi-Kram in Ruhe.« Maiken vertiefte sich wieder in ihr Buch.
»Ja, stimmt, wir müssen arbeiten«, sagte Helge bedauernd. Aber wenigstens zwinkerte er mir zu.

10.00 Uhr Mensch, das ist wirklich langweilig hier. Was mach ich denn jetzt? Wortspiele?
Also: Von A bis Z ist dieser Tag: Abwechslungsarm. Banal. Doof. Eintönig. Fad. Geisttötend. Hohl. Inaktiv. Jämmerlich. Kontrastarm. Lau. Mau. Nichtssagend. Öde. Paradox. Quälend. Reizlos. Stumpfsinnig. Tranig. Uninteressant. Variationsarm. Witzlos. X-beliebig. Yetieinschläfernd. Zeitverschwendung!!!

10.20 Uhr Das gibt's doch nicht. Mit C fällt mir nichts ein. Cheiße.

Mist, warum habe ich nicht die Frühschicht genommen? Meine Zeit auf dem Hochsitz beginnt heute nämlich erst um eins. Bis dahin habe ich frei, aber das ist doof, denn alle anderen arbeiten jetzt. Die müssen nämlich alle nicht schichten, weil sie ihre Aufgaben immer zu zweit erledigen dürfen, und zwar alle vormittags. Nachmittags haben sie frei. Die Pferde muss man nämlich nicht rund um die Uhr beobachten, da reicht eine tägliche Gesundheitsüberprüfung. Und in den Kuhfladen stochern Vicky und Robert pro Tag auch nur zwei oder drei Stunden lang. Ob Stella und Torsten überhaupt was tun oder sich nur im Unterholz vergnügen, weiß kein Mensch.

Toll. Simon und ich haben den fiesesten Job, wir sind immer allein. Und ich habe den allerfiesesten, denn heute Nachmittag, wenn selbst Simon mit den anderen im See badet und Spaß hat, sitze ich im Wald und langweile mich wieder.

10.30 Uhr Ja, ich bin mies drauf. Ich glaube, ich lege mich in den Liegestuhl und schlafe noch mal eine Runde. Wenn ich ehrlich bin, schlafe ich nachts am Strand immer noch nicht gut. Ich schaffe es jetzt ohne Maiken, die wegen all der kleinen Krabbeltiere wieder ins Haus gezogen ist. Aber Tiefschlaf ist das nicht. Bei jedem Geräusch fahre ich hoch. Vielleicht bin ich deswegen gerade so muffelig. Aber ich habe mir fest vorgenommen, das trotzdem durchzuziehen. Es ist nach wie vor gut, wenn ich das Turteln von Vicky und Tom nicht mitansehen muss.

15.30 Uhr So, jetzt bin ich auf dem Hochsitz.
Simon ist schon ein seltsamer Typ.
»Na, wie geht's?«, habe ich ihn gefragt, als ich kam, um ihn abzulösen.
»Bestens. Ich könnte Räume ausbeißen«, hat er geantwortet. Und dann hat er mich gefragt, ob ich eine »Schniselhasnutte« will. Er meinte eine Haselnussschnitte. Puh.
Vor mir liegen jetzt schon wieder diese Kopien mit dem Lageplan unserer Insel. Alle halbe Stunde muss ich in einen dieser Pläne einzeichnen, wo die Herde gerade grast, genau wie gestern. Und morgen. Und übermorgen. Genau genommen muss ich also im Halbstundentakt neun Punkte in eine Karte malen, das ist alles. Wenn die Herde so weit weg ist, dass ich sie von hier aus nicht mehr sehen kann, muss ich runterklettern und

im Schutz der Bäume zum nächsten Hochsitz hoppeln. Und das tu ich jetzt zwei Wochen lang. Sechs Stunden täglich. Zum Schluss werden all diese Daten in einen Computer eingegeben und man kann an der Pünktchenanhäufung an verschiedenen Stellen sehen, wo auf der Insel die Auerochsen selten grasen und wo oft, und auch, ob sie zu bestimmten Tageszeiten bestimmte Weiden bevorzugen. Na, das wird die Welt bestimmt gravierend verändern.

Ich wollte ja eigentlich viel mehr über Auerochsen herausfinden, aber Knut sagte, man müsse wissenschaftliche Fragen in ganz viele Detailfragen zerlegen und deswegen seien solche Freilandstudien leider oft sehr eintönig. Ich finde, »eintönig« ist noch sehr freundlich ausgedrückt. Mir würden dazu härtere Wörter einfallen.

Ich frage mich, ob ich hier vielleicht irgendwo mein Gehirn abgeben oder deponieren könnte, ich brauche es in den nächsten zwei Wochen einfach nicht und es ist mir im Weg.

Ich habe jetzt übrigens mehr Verständnis für Wissenschaftler, die Heuschrecken Star-Wars-Filme zeigen. Ich persönlich würde den Auerochsen auch gern irgendwelche Filme vorführen, da könnte ich wenigstens mitgucken.

17.30 Uhr Jammerschade, dass ich das Verhalten der Auerochsen nicht dokumentieren soll. Gerade wurde ich zufällig Zeugin einer Szene, in der der Stier eine der Kühe erobert hat. Jungs könnten davon echt was lernen!

Also, der Stier näherte sich der Kuh wie zufällig. Wenn sie fraß, dann fraß auch er. Wenn sie sich kratzte, juckte es ihn plötzlich an derselben Stelle. Hielt sie einen Moment inne und blickte in die Ferne, dann hörte auch er auf zu fressen und schaute in dieselbe Richtung. Mehr war offenbar gar nicht nötig. Sie fühlte sich echt verstanden von ihm. »Du bist wie ich«, muss sie gedacht haben. Immer öfter schielte sie von nun an zu ihm rüber, ließ ihn immer näher kommen und irgendwann gab sie sich ihm willig hin. Raffiniert! Könnte auch beim Menschen klappen.

18.00 Uhr Gerade geht mir ein Licht auf. Nicht nur eins, ein ganzes Feuerwerk! Das ist ja genau Vickys Taktik. So macht sie es mit Tom! Dass mir das noch nie aufgefallen ist!
Es gibt nämlich zwei Vickys: Die eine erleben wir immer, wenn Tom nicht da ist. Die redet wie aufgezogen, und zwar echt nur Müll. Diese Vicky teilt aus und lässt jeden, den sie für schwächer hält, wie einen Idioten aussehen. Nur wenn sie jemanden toll findet, so wie Torsten, dann schmiert sie diesem Jemand Honig um den Mund. Und faul ist diese Sorte Vicky! Nie packt sie freiwillig irgendwo mit an.
Aber sobald Tom auftaucht, haben wir eine ganz andere Vicky vor uns. Ein cooles Naturmädel, schweigsam, zurückhaltend, das überall mit anpackt, wo Not an der Frau herrscht, das lächelnd Kuhfladenpröbchen in Reagenzgläser löffelt und zu jedem nett und freundlich ist. Und neuerdings interessiert sie sich sogar total für Island. Und für Hunde. Und sie hat gestern Abend auch noch behauptet, dass sie wahnsinnig gern Zäune baut.
Das war denn doch zu dick aufgetragen. Da hat sogar Harri eine Augenbraue hochgezogen.
Aber Tom hat nicht gelacht. Er hat gelächelt.

Gut, dass mir das inzwischen egal ist. Ich kann das ja jetzt trennen. Mit ihm und mir hat das nichts zu tun. Ich. Kann. Das. Trennen.

18.45 Uhr So langsam werde ich nervös. Um sieben endet meine Schicht und ich könnte runterklettern und rechtzeitig zum Abendessen beim Haus sein. Aber das geht nicht. Die Auerochsen grasen nämlich genau unter mir.

18.55 Uhr Diese Hornochsen haben sich seit eineinhalb Stunden keinen Zentimeter wegbewegt. Was mache ich denn, wenn die sich jetzt hinlegen und die Nacht unter meinem Hochsitz verbringen? Darüber hat der knusprige Knut nichts gesagt.

19.00 Uhr So eine blöde Situation aber auch! Ich komm hier echt nicht weg. Jetzt legen die sich auch noch hin und käuen wieder. UND ICH HAB HUNGER!!!!

19.30 Uhr Super. Das Abendessen ist jetzt vorbei.

19.47 Uhr Eben wackelte die Kanzel und ich dachte schon, der Stier würde seine Hörner daran wetzen, aber es war Tom. »Wo kommst du denn her? Bist du einfach an der Herde vorbeimarschiert?«, fragte ich fassungslos und klappte ganz schnell mein Tagebuch zu.
»Musste ich ja, denn das zieht sich hier ja anscheinend noch ein bisschen hin. Wir haben mit dem Abendessen auf dich gewartet, aber du kamst nicht. Da habe ich mich mal auf die Suche nach dir gemacht. Ich habe dein Problem von fern be-

obachtet und eben Knut gefragt, was du tun sollst. Er lässt dir ausrichten, du müsstest warten, bis dir alle Kühe den Hintern zukehren und dann einfach losrennen. So habe ich das eben auch gemacht. Es klappt.«
»Und wenn sie mir hinterhergaloppieren?«
»Das tun die nicht. Sie kämpfen nur, wenn sie sich angegriffen fühlen. Du darfst nur niemals auf sie zugehen, aber von ihnen weg, das ist kein Problem.«
»Ooookay«, murmelte ich, aber ganz traute ich der Sache nicht.
»Na los«, ermutigte mich Tom. »Willst du zuerst? Oder soll ich den Anfang machen?«
»Gleichzeitig!«, bestimmte ich. »Dann können wir gemeinsam gegen sie kämpfen, falls Knut sich geirrt haben sollte.«
Mit ihm an meiner Seite fühlte ich mich wirklich sicherer. Trotzdem war das nur die halbe Wahrheit. Viel wichtiger: Ich wollte nicht vor Toms Augen wie ein Hase über eine Wiese voll Kuhfladen sprinten. So was kann ganz übel enden. Ich glaube, Tom hatte ähnliche Gedanken, denn er stimmte sofort zu.
Wir warteten eine Weile, bis endlich der richtige Moment kam. Keine Kuh sah uns an. Die meisten lagen am Boden, ein paar andere trotteten zu einem Wasserloch.
Tom und ich kletterten leise die Leiter hinunter und hielten kurz inne. Aber keine Kuh wandte den Kopf in unsere Richtung. Und dann rannten wir los. Bei jedem Schritt rechnete ich damit, stampfende Hufe hinter mir zu hören und heißen Kuh-Atem in meinem Nacken zu spüren, aber so war es nicht. Die Auerochsen ließen sich ganz entspannt jede Mahlzeit noch einmal durch den Kopf gehen.
Irgendwann unterwegs stolperte ich und Tom griff nach meiner

Hand. Ich fing mich wieder und wir erreichten den Waldrand ohne Zwischenfall.

Dort angekommen, blieben wir nach Luft japsend stehen. Ich ließ mich an seine Schulter sinken und er legte beide Arme um mich, einfach, damit wir nicht umfielen, atemlos, wie wir waren. Na gut. Umgefallen wären wir auch alleine nicht. Aber wir haben ein bisschen Halt gesucht, als wir da standen.

»Geschafft«, sagte Tom und lachte.

Ja, dachte ich. Geschafft.

Aber ist es denn zu fassen? AUSGERECHNET in diesem Moment kreuzte Vicky auf. VICKY!!!! Wittert die so etwas? Beschattet sie Tom Tag und Nacht? Hat sie ihm einen Chip implantiert, der immer piept, wenn er mir zu nah kommt? Zutrauen würde ich es ihr. Ich will mich ja echt nicht aufregen, aber es ist wirklich nicht leicht, diese personifizierte Pestbeule zu ignorieren.

20.11 Uhr So, jetzt habe ich den Beweis. Vicky lügt.

Ja, ja, ja, ich weiß, sie ist für mich kein Thema mehr, schon klar. Es hat mich nur interessiert, ob an diesem Tipp aus meinem Buch was dran ist. Ich meine die Sache mit dem rückwärts erzählen. Das habe ich an ihr ausprobiert.

»Was machst du denn hier?«, habe ich sie gefragt, als sie so plötzlich wie aus dem Erdboden gewachsen vor Tom und mir stand. Tom ließ seine Arme sinken, als er sie sah, und das verschlechterte meine Laune ziemlich. Ich durchbohrte sie daher förmlich mit Blicken.

»Ich suche meine Sonnenbrille. Die habe ich heute früh hier irgendwo verloren.« Sie riss ganz unschuldig die Augen auf.

»Deine Sonnenbrille. Aha. Überleg doch mal, wann hattest du sie denn zuletzt?«, hakte ich nach.
»Das war so ungefähr um zehn. Da war ich im Wald und brauchte sie nicht, also habe ich sie in meinen Rucksack geschoben.«
»In welchem Wald denn?«, wollte ich wissen.

»Da hinten.« Sie zeigte in irgendeine Richtung.
»Und warum suchst du sie dann nicht da hinten?«, fragte ich scheinheilig.
»Weil ich mir ziemlich sicher bin, dass sie hier irgendwo sein muss. Als Karim und ich hier auf dieser Lichtung waren, habe ich ein paar Sachen aus dem Rucksack gezogen und dabei ist sie bestimmt rausgefallen.«
»Hmmm«, überlegte ich, scheinbar an ihrer Sonnenbrille interessiert. »Und wohin bist du danach gegangen?«
»Warum willst du das wissen?« Vicky war misstrauisch geworden.
»Na, hier ist die Brille doch auch nicht, oder? Also müssen wir weitersuchen. Wir können dir helfen.« Ich lächelte süß. Mir war schon klar, dass wir auf dieser Insel keine Sonnenbrille von Vicky finden würden, außer vielleicht in Vickys Gepäck. Aber jetzt wollte ich sie testen.
»Danach war ich an dem Strand mit der großen Weide, dann im Eichenwald und zum Schluss am Steg.« Vicky zuckte gespielt verzweifelt mit den Schultern. »Ich war also fast überall. Wenn wir das jetzt alles absuchen, wird es dunkel. Vielleicht verschiebe ich das auf morgen.«
»Warte, noch mal kurz zum Mitdenken. Du warst zuletzt am Strand. Und dann, wie war noch die Reihenfolge?«

»Zuletzt am Strand, dann am Steg, danach im Eichenwald und zum Schluss hier«, seufzte Vicky.
»Ach, komisch.« Ich machte eine Kunstpause. »Eben war die Reihenfolge aber noch anders.«
»Ist doch egal«, schnaubte sie.
»Überhaupt nicht«, erklärte ich. »Wenn wir versuchen wollen, dieselben Wege zu gehen wie du heute früh, dann ist die Reihenfolge sogar ziemlich wichtig.«
»Ich hab doch schon gesagt: Ich suche die Brille morgen.« Sie verdrehte die Augen, aber sie wirkte unsicherer als eben.
»Okay.« Ich grinste breit. »Übrigens, Vicky, du hast da Brillenabdrücke auf deiner Nase.«

Betreff: Ah, jetzt ja – eine Insel!
Datum: 13.06., 21:11 Uhr
Von: Tom Barker <wolfspfote@gmail.com>
An: Felix von Winning <snert@web.de>

Hi!

Neues von der Insel ...

Bye,
Tom

Im Bild sieht man ein Boot an einem Sandstrand. Jemand hat es umgedreht und an einem Ende auf einen Holzbalken aufgelegt, sodass es eine Art Dach bildet. Darunter schimmert roter Stoff.
»Hi Felix!«, sagt Tom aus dem Off. »Was du hier siehst, wirkt nur auf den ersten Blick wie ein Boot. Tatsächlich handelt es sich dabei um Lilias neues Zuhause. Sie ist nämlich gleich am ersten Abend aus unserem Haus ausgezogen und hat sich unter diesem Boot eine Schlafhöhle eingerichtet. Die Luft ist rein, Lilia ist rüber zum Essen gegangen, und daher kann ich dir das mal kurz zeigen.« Tom filmt mit der Kamera in die

Höhle hinein. Da liegen eine Iso-Matte und ein Schlafsack. Daneben sieht man eine Taschenlampe und ein Buch. Außerdem liegen neben dem Lager ein paar dicke Wollsocken und mehrere Schokoladentafeln in einer durchsichtigen Tüte, die sorgfältig mit einem Gummi verschlossen ist. Tom zieht sich mit der Kamera wieder zurück und filmt jetzt den Strand. Überall im Sand stehen Plastikflaschen, mit Wasser gefüllt. »Das ist Lilias Trinkwasservorrat«, erklärt er. »In ihrem Survivalbuch steht, dass Wasser keimfrei wird, wenn man es in Plastikflaschen in die Sonne legt. Sie will nicht immer zum Haus laufen, wenn sie mal Durst hat, deswegen hat sie sich Seewasser abgefüllt. Ich würde das Zeug ja nicht trinken. Na, das muss sie wissen, bis jetzt geht es ihr noch gut damit.«

Tom hat die Kamera jetzt auf das Boot gelegt und sich davorgesetzt. Geistesabwesend nimmt er Sand in die Hand und lässt ihn durch seine Finger rieseln, als er weiterspricht. »Wir sehen Lilia nur noch zum Essen. Es ist fast, als wäre sie gar nicht hier. Gestern war sie nicht mal bei dem Spieleabend dabei, den Maiken und Helge organisiert haben. Sie wollte lieber allein am Strand die Sterne anschauen. Für sie ist das eine Art Freilandexperiment, sagt sie. Sie will an ihre eigenen Grenzen gehen und herausfinden, ob sie nachts mit der Einsamkeit klarkommt. In der ersten Nacht war Maiken noch hier, aber jetzt will sie es ganz allein schaffen. Ich finde das okay. Sie ist viel ruhiger geworden, seit sie in der Natur lebt, fast so wie früher. Sie streitet sich nicht mal mehr mit Vicky und wenn das so weitergeht, werden die beiden noch Freundinnen. Eben wollte Lil sogar Vickys Sonnenbrille suchen, obwohl sie das Abendessen verpasst hatte und fast verhungert wäre.

Die anderen finden Lilias Alleingang auch okay. Jeder wie er mag, das ist die vorherrschende Meinung. Nur Fritzi sieht das anders. Die meckert dauernd rum, alle Teilnehmer müssten Teamgeist zeigen, weil wir alle für die Stimmung auf dieser Insel mitverantwortlich seien und so weiter und so fort. Sie ist zum Beispiel sauer, weil Lilia nie den Mädchenschlafsaal ausfegt. Dabei schläft sie ja gar nicht im Haus. Außerdem schimpfte sie rum, weil Lilia heute das Abendessen verpasst hat und sich davor nicht entschuldigt hat, weswegen wir alle ein paar Minuten lang auf sie gewartet haben. Das fand Fritzi unhöflich. Dass Lilia auf dem Hochsitz festsaß und nichts dafür konnte, war ihr egal. Fritzi will einfach Stunk, dann fühlt sie sich in ihrem Element. Ich hatte kurz überlegt, ob ich mal mit ihr über Lilia reden sollte, aber Simon hat das übernommen. Er hat ein ewig langes Problemgespräch mit ihr geführt. Ein bisschen frage ich mich ja, was ihn das eigentlich angeht.«
Tom legt die Stirn in Falten und denkt eine Weile darüber nach. Dann wird ihm bewusst, dass die Kamera immer noch läuft, und er lächelt. »Das willst du alles gar nicht wissen, oder?«, fragt er. »Okay, zu den wirklich wichtigen Infos. Ich bin heute etwa siebzehn Mal unter einem Vorwand an Maiken und Helge vorbeigelaufen, ohne dass sie vorher mit mir rechnen konnten. Mir brennen die Füße, weil ich wegen dir so viele Kilometer zurückgelegt habe. Und weißt du was? Jedes Mal, wenn ich vorbeikam, haben sie gearbeitet. Alles klar? Ich verspreche dir, ich bleib dran. Na denn, bis morgen!«

Dienstag, 14. Juni

Können Männer und Frauen Freunde sein? Bei Auerochsen nicht. Auerochsenkühe freunden sich zwar oft mit anderen Kühen an und bleiben ihren besten Freundinnen ein Leben lang treu. Für den Stier aber interessieren sie sich nur in der Paarungszeit.
Bei Menschen ist das anders. Bei ihnen können Männer und Frauen ohne Hintergedanken befreundet sein und das liegt an der menschlichen Nase.

9.10 Uhr Ich sitze auf dem Steg am Haus, schaue auf den See und denke über das menschliche Riechorgan nach. Wasserläufer huschen auf dünnen Beinen über die ruhige grüne Wasseroberfläche. Im Schilf gibt ein Blässhuhn tuckernde Geräusche von sich. Ein Frosch hat sich im kühlen Schmodder eingegraben und beobachtet mich mit Glubschaugen. Der einzige Mensch weit und breit bin ich. Ich bin ja auch wieder mal der einzige Mensch auf dieser Insel mit Spätschicht.
Aber heute ist mir das egal. Heute bin ich froh über meine Einsamkeit. Ich muss nämlich nachdenken, und zwar über die letzte Nacht und über die menschliche Nase.
Alle Säugetiere haben in der Nase nämlich ein zweites Riech-

organ, mit dem sie geruchlose Sexuallockstoffe wittern können. Und wenn sie damit etwas wahrnehmen, dann läuft zwischen Männchen und Weibchen so eine Art automatisches Programm ab. Die können gar nicht mehr anders, die wollen Sex. Beim Menschen ist dieses Organ verkümmert, und deswegen, wirklich nur deswegen können Männer und Frauen ganz normal befreundet sein, ohne immer gleich mehr zu wollen. Tom und ich sind der lebende Beweis dafür. Wir haben die letzte Nacht im selben Bett verbracht und es ist überhaupt nichts passiert. Habe ich heute Nacht Lockstoffe verströmt? Keine Ahnung, so was macht man ja unbewusst. Und ich weiß auch nicht, ob Tom was ausgeströmt hat. Aber egal, was er oder ich an chemischem Charme versprüht haben, es hat nichts bewirkt. Heute früh bin ich einfach aus seinem Zimmer geschlichen und alles war wie immer. Der Nase sei Dank.

Ist sie vielleicht das Geheimnis unserer menschlichen Kultur? *Der* Meilenstein in unserer Entwicklung, noch vor der Zähmung der Kuh? Hatten Menschen vielleicht nur deswegen genug Zeit, um Kühe zu zähmen und Räder zu erfinden, weil sie nicht dauernd auf Fortpflanzung aus waren? Weil Männer und Frauen Freunde sein und zusammenarbeiten konnten? Nehmen wir nur mal unsere Situation hier auf der Insel. Wie könnten wir wissenschaftlich arbeiten und in Kuhfladen herumstochern, wenn wir uns gegenseitig dauernd mit Sexuallockstoffen belästigen und in Paarungsbereitschaft versetzen würden? Das könnten unsere Eltern und Lehrer auch gar nicht verantworten. Zum Glück ist es aber nicht so.

Tom konnte mir heute Nacht eine echte Hilfe sein, als ich in Bedrängnis geriet, und ich konnte seine Hilfe annehmen, ohne dass das für uns beide irgendwelche Folgen hatte. Ja, so war das.

9.40 Uhr Es ist schön hier auf dem Steg. Kleine, fast durchsichtige Fische knabbern unten im Wasser an einem moosigen Stein.
Ich sinne so vor mich hin und frage mich, ob mir irgendwas von heute Nacht peinlich sein sollte. Es gibt echt ein paar Momente, an die ich nicht gern zurückdenke. Andererseits hatte ich mich ja überhaupt nicht im Griff, ich konnte nichts an meinem Verhalten ändern. Ich war wie ich bin, Lilia in freier Wildbahn, und die dreht anscheinend in Gefahrensituationen komplett hohl. Vermutlich muss ich das einfach akzeptieren, so wie meine Haarfarbe oder meine Schuhgröße. So bin ich eben.

9.50 Uhr Grund für meine Notlage heute Nacht war mein knurrender Magen. Es ist ja nichts Neues, dass ich unberechenbar werde, wenn ich Hunger habe.
Ich hatte gestern leider der Kühe wegen das Abendessen verpasst und als ich endlich am Haus ankam, war Fritzi schon mit dem Abwasch beschäftigt. Huh, war die drauf! Als hätte sie zum Abendbrot frittierte Taranteln gegessen. Meckerte was von »Essenszeiten« und »pünktlich« und »Schmarotzer« und »arbeitenden Menschen im Weg rumstehen«. Heftig!
Ich hatte aber überhaupt keine Lust auf Stress mit Fritzi, ich hatte Hunger und sonst gar nichts. Deswegen habe ich mir zwei Scheiben Brot geschnappt und gleich den Rückzug angetreten. Statt zu streiten, bin ich zum Gemüsegarten geschlichen und habe mir noch zwei Tomaten geholt. Das war ganz okay

zum Brot, aber richtig satt hat mich diese Mahlzeit natürlich nicht gemacht.

Nachts konnte ich nicht schlafen. Ich hatte richtig Bauchweh vor Hunger und irgendwann sah ich nicht mehr ein, warum ich unter meinem Boot hungern sollte, wenn nur zweihundert Meter entfernt von mir ein ganzer Essensschrank voll leckerster Lebensmittel stand, die auch mir gehörten. Also habe ich mich aufgerappelt und bin über die Veranda ins Haus geschlichen. Ich habe die beiden Petroleumlampen auf dem Küchentisch angezündet und mir ein Käsebrot mit Gürkchen geschmiert, hmmm, lecker. Ein Joghurt war auch noch da, das war bestimmt sowieso meiner.

Ich hatte einen Riesenhunger und setzte mich an den Tisch, um alles an Ort und Stelle zu verspeisen.

Das leise Klackern an der Fensterscheibe drang erst gar nicht in mein Bewusstsein. Aber als ich aufblickte und zum Fenster sah, fiel ich fast vom Stuhl. Was ich da sah, war aber auch zu krass. Die ganze Fensterscheibe war übersät von Hornissen. Riesige, schwarz-gelbe Insektenleiber krabbelten übers Glas und es wurden immer mehr. Das klackernde Geräusch entstand, wenn die Neuankömmlinge gegen die Scheibe prallten. Es war wie in einem Horror-Film. Und plötzlich fühlte ich mich unendlich allein. So richtig durch und durch einsam, als gäbe es auf der Welt keinen Menschen außer mir. Und auch das nicht mehr lange. Jetzt verstehe ich, warum die Leute immer sagen, dass ihnen vor Schreck das Blut gefror. Das ist wirklich so. Mir wurde plötzlich ganz kalt und ich konnte mich nicht mehr bewegen. Keinen Millimeter, weder vor noch zurück. Nur mein Gehirn arbeitete noch und ich überlegte verzweifelt, was ich tun

konnte. Durch die Küchentür sausen und raus aus der Küche? Aber was, wenn auch die Tür von außen schon mit Hornissen bedeckt war, die nur darauf warteten, über mich herzufallen? Knackte es da nicht schon an der Tür? Hilfe, ich war umzingelt.
In meiner Todesangst schaffte ich es, die Starre abzuschütteln. Ich sprang auf, riss das Küchenhandtuch vom Haken, warf es vor der Tür auf den Boden und stopfte es mit zitternden Fingern in die Türritze. Dann riss ich ein Blatt Küchenkrepp von der Rolle, drehte es zu einer Wurst und steckte es ins Schlüsselloch. So. Alles dicht! Erleichtert sank ich auf meinen Stuhl und atmete erst einmal tief durch. Aber sofort schoss mir ein neuer Gedanke durch den Kopf. Ob die anderen wohl in Gefahr waren? Was, wenn die Viecher jetzt in die Schlafzimmer eindrangen und über unser ganzes Team herfielen? Ich sah Maiken vor meinem inneren Auge, von schwarz-gelben Insekten mit zuckenden Fühlern bedeckt. Und Tom. Es war grauenhaft. Nicht mal Vicky wollte ich mir so vorstellen.
Sieben Hornissen töten ein Pferd, das hatte ich mal irgendwo gelesen. Allein die am Fenster waren zahlreich genug, um eine ganze Pferdeherde zu meucheln. War's das jetzt? Krochen die Viecher schon unter den Ritzen der Schlafzimmertüren durch? Lebten die anderen überhaupt noch? Und wenn ja, wie lange noch?
Fieberhaft suchte ich in meinen Gehirnwindungen nach einer Idee, um sie zu warnen, aber mir fiel nichts ein. Gar nichts. Schreien? Oh nein, das war eine ganz schlechte Idee. Wenn sie meinen Schrei hörten, würden die anderen sich bewegen. Die Tür öffnen. Mit nackten Füßen über den Boden laufen, um mir zu Hilfe zu eilen. Sie würden erst recht gestochen werden.

Was konnte ich nur tun? GAAAH! Es war aussichtslos. Mir fiel ja nicht einmal etwas ein, das man gegen diese Tiere tun konnte, wenn man gewarnt war. Sollte ich ein Feuer legen und die Stechmonster mit Rauch vertreiben? Ließen sich Bienen nicht mit Rauch betäuben? Vielleicht ging das ja auch bei Hornissen. Aber wie sollte ich denn jetzt so schnell am Fenster ein Feuer anzünden? Und würde ich damit nicht das ganze Haus in Flammen setzen?

Und dann stolperte mein Herz und setzte ein paar Schläge lang komplett aus. Ich sah zwei tastende Fühler – auf dem weißen Fensterrahmen im Innern der Küche. Ein schwarzer Kopf mit riesigen Augen folgte. Sie starrten mich an. Ein schwarz-gelber Insektenleib zwängte sich durch einen Spalt zwischen Fenster und Wand. Eine Hornisse! Bei mir in der Küche. Und bei einer blieb es nicht. Wie gelähmt beobachtete ich, wie eine zweite der ersten folgte. Und noch eine.

NOCH GANZ VIELE.

Sie krabbelten innen an der Scheibe und sie waren riesengroß. Gigantisch. Mindestens viermal so groß wie eine Wespe. In ihrem Hinterleib steckte also ein viermal so großer Stachel. Mir wurde schlecht vor Angst.

Trotzdem versuchte ich, mich nicht zu bewegen. Ich griff nach dem Koru, das um meinen Hals hing, und hoffte, dass der kühle Jadestein mich beruhigen würde. Wenn ich es schaffen konnte, keinen Mucks von mir zu geben, vielleicht merkten die Tiere dann nicht, dass ich da war. Ich wusste: Das war meine einzige Chance. Inzwischen wuselte es innen auf der Scheibe fast so wie außen.

Es war nicht einfach, kein Geräusch zu machen, denn eine

grauenhafte Panik ergriff Besitz von meinem Gehirn, ließ meine Zähne klappern und meine Stimme wimmern. Ich presste beide Hände auf meinen Mund, aber ich bekam das Gefühl nicht in den Griff.
Und dann hörte ich einen schrillen Schrei und merkte erst ein paar Zehntelsekunden später, dass ich es war, die kreischte.
Ich stopfte mir eine Faust in den Mund, aber zu spät! Eine der Hornissen breitete die Flügel aus, erhob sich in die Luft und flog brummend auf mich zu. Ich spürte einen Lufthauch an meiner Schulter, fühlte Krabbelbeine auf meiner Haut und dann – nichts mehr.
Zum ersten und einzigen Mal in meinem Leben bin ich einfach umgekippt. Licht aus. Dunkel. Wegen einer Hornisse. Aber wahrscheinlich auch, weil ich den ganzen Tag fast nichts gegessen hatte.
In Filmen fallen Frauen immer dekorativ in Ohnmacht. Sie greifen sich an die Stirn und sinken auf ein Seidenkissen. Immer ist da ein ebenso dekorativer Mann, der sie auffängt, ihnen Luft zufächelt und ihren Namen ruft. Und wenn die Damen irgendwann wieder zu sich kommen, sehen sie entzückend und hilflos aus.
In der Praxis ist das anders. Ausnahmslos. Ich kenne wirklich niemanden, bei dem eine Ohnmacht auch nur annähernd anmutig ablief. Man fällt immer irgendwo rein, wo man nicht hingehört, und es ist immer peinlich, wenn man erwacht.
Das Käsebrot, in dem ich mit der Nase lag, als ich erwachte, will ich deswegen auch gar nicht dramatisieren. Shit happens. Auch über Toms wenig filmreife Reaktion auf meinen Sturz in dieses Käsebrot kann ich hinwegsehen. »Was um Himmels

willen machst du denn hier?«, fragte er und das war nun wirklich nicht sehr intelligent.
Aber was dann geschah, darüber komme ich nur schwer hinweg. Ich meine: Ich hatte eine Hornisse auf mich zufliegen sehen, hatte ihre Beine gespürt und war zusammengeklappt.
Und Tom? Unglaublich! Der stand in der Küche, trug nur eine Boxershorts, sein Oberkörper war nackt. Eine Hornisse flog auf ihn zu und setzte sich auf seinen Arm. Ich schnappte nach Luft und wollte schon wieder kreischen. Aber Tom blieb cool.
»Mund zu!«, kommandierte er, nahm seinen Zeigefinger und schnippte die Hornisse einfach von sich weg.
Er drehte sich zu mir und lächelte lieb. »Du, Lil, da klebt was Grünes auf deiner Backe. Sieht aus wie eine Gurke.«
DAS WAR ALLES!!! MEHR SAGTE ER NICHT!!!
Fast wäre ich noch mal in Ohnmacht gefallen.
»Tom, da, da, da ...«, stammelte ich und zeigte aufs Fenster.
»Hornissen, ich weiß. Die kommen jeden Abend, wenn die Lampen brennen. Du musst einfach das Licht ausmachen.«
Dann drehte er die Petroleumlampen aus und wir saßen im Dunkeln.
Uuaaah! Ich saß in einer stockdunklen Küche voller brummender Hornissen. Wie konnte er das tun?
Das war zu viel für mich. Ich bin ja meistens knallhart, aber in diesem Moment waren meine Nerven dünn wie gesponnenes Glas. Und als eine Hornisse ganz nah an meinem Ohr vorbeisummte und meine Haare streifte, da zersprangen meine Nerven in tausend winzige Scherben und ich fing an zu schluchzen.
Gern würde ich jetzt schreiben, dass Tom mich in seinen Arm nahm und mir eine Kristallträne von der Wange streichelte.

Und tatsächlich, er nahm mich sogar in den Arm. Aber leider streichelte er mir eine Gurkenscheibe von der Wange. Das ist irgendwie was anderes.

Tom hat mich dann aus der Küche gezogen, wobei ich völlig hysterisch schnaubte und schluckte und schnorchelte. Er brachte mich in sein Zimmer und sagte, alles sei gut und mir sei nichts passiert und mir könne auch nichts passieren, denn Hornissenstiche seien harmloser als Bienenstiche und Hornissen seien sowieso nur aggressiv, wenn man ihrem Nest zu nahe käme und überhaupt wären in seinem Zimmer ja gar keine Hornissen, ich müsste also keine Angst mehr haben.

Es half alles nichts. Ich flatterte und bibberte und zitterte, ich bekam meine Muskeln einfach nicht mehr unter Kontrolle. Ich hatte mich in dieser Küche voll von Hornissen so unglaublich allein gefühlt und ich hatte wirklich gedacht, dass die jetzt allesamt über mich herfallen würden.

Tom brummte beruhigend und sagte, ich solle mich nicht aufregen, sondern einfach nur ausruhen und tiiiief atmen und dazu könne ich mich gern auf sein Bett legen, wenn ich wollte sogar die ganze Nacht, er könne ja am Strand schlafen. Ich legte mich auch gehorsam auf sein Bett und rollte mich zusammen, aber es half nichts, meine Zähne klapperten und meine Knie schlotterten und wenn ich die Augen schloss, sah ich wimmelnde schwarz-gelbe Insektenkörper vor mir, es kribbelte mich am ganzen Körper. Wenn ich versuchte, etwas zu sagen, kam nur ein Wimmern über meine Lippen. Das war richtig peinlich, aber es war so eine Art Körperreaktion, ich hatte keinen Einfluss darauf. Irgendwann hat Tom sich zu mir auf den Rand seines Bettes gesetzt. Später hat er sich neben mich gelegt und mit

seiner Hand meine geballte Faust gestreichelt. Da wurde es besser. Ich konnte wieder ruhiger atmen. So lagen wir nebeneinander, bis mein Zittern aufhörte. Und dann bin ich ganz plötzlich eingeschlafen. Von jetzt auf gleich. Wie ausgeknipst. Als hätte etwas in meinem Körper beschlossen: Das reicht für heute. Als ich heute früh aufwachte, wusste ich erst mal gar nicht mehr, wo ich war. Das fiel mir aber schnell wieder ein, als ich mich umdrehte und Tom sah. Ich war wieder ganz ruhig und betrachtete sein Gesicht, seinen entspannten Mund, seine geschlossenen Augen. Und ich war froh, ihn zu sehen. Er schlug die Augen auf und sah mich an. Ich sah zurück. Das war okay so. Wir sprachen nichts, wir lächelten uns nicht an, wir sagten uns einfach mit den Augen hallo.
In der Küche klapperte Geschirr.
»Lil, wir dürfen nicht ...«, sagte Tom leise.
»Ich weiß«, flüsterte ich. »Aber wir haben ja auch gar nicht.«
Er sah mich nur an.
»Okay, bin schon weg.« Ich schob die Decke weg und erhob mich. An der Tür blieb ich aber noch einmal stehen und kam zurück.
»Was ist?«, fragte Tom. Seine Augen waren noch schwärzer als sonst.
Ich löste das Koru von meinem Hals, legte es in seine Hand und bog seine Finger darum.
»Du musst es jetzt eine Weile tragen«, sagte ich. »Aber es gehört immer noch mir.«
»Warum?« Ungläubig schüttelte er den Kopf.
»Du trägst es so lange, bis, ach egal ...« So leise ich konnte, huschte ich aus dem Zimmer.

Bis zwischen uns alles wieder gut ist, wollte ich sagen, aber ich brachte die Wörter nicht über die Lippen.
Tom und ich hatten uns nicht abgesprochen, aber wir haben beim Frühstück beide so getan, als ob nie etwas gewesen wäre. Die Fenster in der Küche standen weit offen, die Hornissen waren weg. Einziger Hinweis, das hier letzte Nacht was passiert war: Unterm Tisch lag eine matschige Gurkenscheibe. Harri hob sie mit spitzen Fingern auf und schnippte sie aus dem Fenster. »Achtung, unsere heutige Finnisch-Lektion«, dröhnte er gut gelaunt. »Suolakurkku – die Essiggurke.«

14.00 Uhr Nach dem Frühstück verteilte Tom die Post. Für mich war ein Brief von Paps dabei.
»Liebes Lillykind«, stand da in seiner steilen Handschrift. Sofort hatte ich Heimweh nach ihm.
»Hoffentlich hast du es schön auf deiner Insel«, schrieb er weiter. »Und hoffentlich hast du immer trockene Füße, damit du nicht krank wirst.«
Ist ja nett! Paps will Mamas Stelle einnehmen und sich um mich kümmern. Aber in dem Job ist er noch ziemlich neu, das merkt man. Nasse Füße können vielleicht im Winter zu Gesundheitsproblemen führen, aber bei 32 Grad im Schatten eher nicht, Papilein. Hornissen sind da ein viel größeres Problem.
»Mach dir keine Sorgen um uns, hier läuft alles bestens!«, schrieb er dann noch. »Florian und ich haben die Lage im Griff.«
Oha! Er lügt! Ich merke das! Wenn nämlich wirklich alles in Ordnung wäre, käme Paps nie auf die Idee, dass ich mir Sorgen um ihn machen könnte. Dazu lebt er viel zu sehr in seiner

eigenen Welt. Das schreibt er nur, weil es Grund zur Sorge gibt und er mich davon ablenken will. Ich kenne ihn!
»Ich lerne täglich viel dazu, besonders über Goldfische«, stand da noch. Und: »Dein dich liebender Vater«
Hä? Wieso über Goldfische? Was gibt es da zu lernen?
Dieser Brief ist merkwürdig!!! Zum Glück ist Flocke bei ihm, sonst würde ich mir wirklich Sorgen machen.
Ich frage mich ja, ob es der Rosine gut geht. Ob sie sich wohl an Flocke wendet, wenn sie Probleme hat? Bis jetzt ist sie damit immer zu mir gekommen. Und selbst wenn sie Flocke gegenüber ein Problem anspricht, merkt der das dann?
Ach, ein bisschen melancholisch hat mich dieser Brief schon gemacht. Oder sitzt mir der Hornissenschreck immer noch in den Knochen?

Betreff: Inselhorror
Datum: 14.06., 19:58 Uhr
Von: Tom Barker <wolfspfote@gmail.com>
An: Felix von Winning <snert@web.de>

Hi!

Wieder ein Film. Schreib mir mal, sonst ist das der letzte!!!
Tom

Vor der Linse erscheint Toms Gesicht in groß. Er hält die Kamera am ausgestreckten Arm. Das Bild wackelt ein bisschen. »Heute nur ganz kurz«, sagt er grußlos. »Ich bin nämlich total am Ende, ich habe eine krasse Nacht hinter mir. Habe keine Sekunde geschlafen.« Tatsächlich, er sieht grau aus. »Und einen beschissenen Tag hatte ich auch. Irgendwas geht auf dieser Insel vor. Irgendetwas stimmt nicht mehr. Die Nerven liegen blank, alle sind reizbar und bei der kleinsten Gelegenheit gibt es Streit. Ich vermute, das liegt daran, dass Fritzi die Klappe nicht gehalten hat. Sie hat heute Morgen nämlich was gesehen, das nicht für ihre Augen bestimmt war. Sorry, aber ich kann jetzt nicht drüber reden. Ich erzähle dir das irgendwann später, das ist ziemlich kompliziert. Ich will jetzt nur noch eins: schlafen. Bis bald!«

Mittwoch, 15. Juni

Sitze auf dem Hochsitz und denke mir Titel für Kuh-Filme aus. »Keinohrkuh« (eine Kuhmödie). »Der Herr der Rinder« (Zottelkühe aus Mittelweide). »Plötzlich Kuh« (Teenie-Film mit rosa Kühen). »Wir Rinder aus Bullerbü« (Fröhliche Kälbchengeschichten). Irgendwas muss man ja machen, wenn man sechs Stunden täglich auf Kühe starrt.

14.00 Uhr Mensch, bin ich müde. Die letzte Nacht am Strand war übel, es hat nämlich geregnet. Mein Boot hielt zwar den Regen ab, aber nicht die feuchte Luft. Nach ein paar Stunden war doch alles klamm: Kissen, Schlafsack, Klamotten. Ich wollte aber nicht ins Haus, denn ich wusste, da warten die ja nur drauf. Außerdem ist die Stimmung dort zurzeit übel. Jeder hackt auf jedem rum, und alle auf mir. Das schlechte Wetter macht es nicht besser.

»Kuravellikeli«, das war das heutige Wort aus Harris Finnisch-Kurs, und das heißt »Matschepampewetter«. Passt gut zu diesem Tag. Alles ist matschig und alle pampen sich an. Sogar unsere Biologen.

»Leute, wir haben ein Problem«, sagte Sonja nach Harris Finnisch-Kurs und biss in ihr Brot mit Himbeermarmelade. Sie

kaute und sprach nicht weiter. Das macht sie immer. Sie deutet etwas an und lässt sich dann den Rest aus der Nase ziehen.
»Welches?«, fragte Simon. Er ist unheimlich sozial, wenn er nicht gerade Quatsch macht. Zum Beispiel rettet er jedes peinliche Gespräch.
»Blattläuse«, sagte Sonja. »Im Gemüsegarten, an den Rosen.« Sie sah mitfühlend in die Runde, so als wüsste sie, dass sie uns mit dieser Tatsache sehr, sehr wehtun würde, aber als ginge es eben einfach nicht anders.
Harri stellte seinen riesigen Teepott ab und deutete mit beiden Händen ein Würgen an. »Die Rrrosen rrreißen wir rrraus, die kann man sowieso nicht essen«, polterte er. »Dann verbrennen wir sie und weg sind die Läuse.«
»Ach! Alles, was nicht essbar ist, kann also deiner Meinung nach weg?« Sonja schüttelte den Kopf. »Eine seltsame Auffassung für einen Naturschützer!« Sie nahm sich noch ein zweites Brot.

Jetzt sah Harri ein bisschen sauer aus. »Und warum hast du etwas gegen Blattläuse? Weil sie dein Essen fressen, oder? Blattläuse sind auch Natur, Frau Naturschützerin.«
Knut wischte sich einen Krümel aus dem Mundwinkel und versuchte, zu vermitteln. »Jetzt macht das mal nicht unnötig kompliziert. Wir sprechen hier nicht von einem Biotop, wir reden von einem Gemüsegarten. Die Interessen von Blattläusen treten da naturgemäß in den Hintergrund.«
»Du sagst es«, brummte Harri. »Aber die von Rosen auch. Und Gift ist ja wohl keine Alternative, also müssen die Rosen weg.«
»Die Rosen locken Käfer und Bienen an«, argumentierte Sonja scheinbar ruhig, aber ihre Finger zitterten. »Auch in einem Gemüsegarten braucht man Artenvielfalt.«

Harri verdrehte genervt die Augen. »Ach! Dann lass doch auch die Blattläuse da. Dann hast du noch eine Art mehr in deiner Artenvielfalt.«

»Schmierseife«, sagte Knut. »Wir besprühen die Läuse mit Schmierseife, das verklebt ihre Atemwege und sie ersticken. Und für andere Organismen ist das nicht giftig.«

Sonja ließ ihr Messer sinken und sah ihn lange an. Sehr lange. »Dann verkleben ihre Atemwege? Das willst du tun? Das war jetzt aber ein Witz, oder?«

»Okay. Kein Salat mehr für uns«, beschloss Knut. »Das ist die einzige Lösung.« Er sah dabei gar nicht traurig aus.

»Nein«, bestimmte Sonja. »Wir sammeln die Blattläuse ab.«

»Ja, fein«, sagte ich. »Und dann tun wir sie in ein Glas und tragen sie in den Wald, wo wir sie auswildern können.« Ich hatte das ironisch gemeint, aber Sonja besaß überhaupt keinen Sinn für Ironie.

»Super Idee, Lilia!« Sie lächelte mich an.

»Das ist jetzt aber nicht dein Ernst«, stöhnte ich.

War es aber. Und Sonja hatte noch so eine kreative Idee. »Lilia, das kannst du doch machen. Du hast ja heute Vormittag frei.«

»Boah, das ist ja die reinste Syphilisarbeit«, murmelte Simon und sah mich mitleidig an.

»Ich finde wirklich, dass Lilia auch mal was für die Allgemeinheit tun könnte.« Fritzis Stimme klang schneidend wie eine Kreissäge, als sie das sagte.

»Ihr wollt jetzt wirklich, dass ich im Regen im Gemüsegarten stehe und Blattläuse von den Rosenblättern sammele?«, fragte ich sicherheitshalber noch mal nach.

»Warum denn nicht?« Vicky zog die Augenbrauen hoch.

»Andere müssen gleich im Regen Kuhfladen durchstochern. Wo ist das Problem?«
»Okay, okay, es gibt kein Problem! Wenn ihr das wollt, mach ich das natürlich«, sagte ich achselzuckend. »Von mir aus messe ich den Blattläusen auch Fieber, bevor ich sie auswildere.«
»Viel Spaß«, säuselte Vicky und lächelte wie eine Giftechse.
Natürlich habe ich keine Blattläuse gesammelt. Ich bin ja nicht doof. Es gibt doch in jeder Branche diese Azubi- und Praktikantenscherze. Da schickt man zum Beispiel Maurerlehrlinge los, um Gewichte für die Wasserwaage zu holen oder Getriebesand oder Lufthaken, irgendwas, das es nicht gibt. Oder Kochlehrlinge müssen im Kühlschrank alle Eier umdrehen, damit sich die Luftblase nicht an der Schale festsetzt, lauter so sinnloses Zeug eben. Und wenn sie das wirklich machen, lachen sich alle kaputt, harharhar. Ich soll jetzt also Blattläuse von den Blättern wischen und dann schleichen sie sich an, filmen mich, stellen das Video auf YouTube und lachen noch in zehn Jahren über mich.
Nee, nee, nee, Leute.

14.50 Uhr Da hinten kommt Tom. Er trägt vier Zaunpfosten auf der Schulter, mal sehen, wo er hinwill.
Tom winkt und zeigt Richtung See. Wahrscheinlich will er zum mittleren Bootssteg, da hat er gestern auch schon gearbeitet. Um dorthin zu kommen, muss er an der Auerochsenherde vorbei. Ich hebe den Daumen und signalisiere »alles in Ordnung«, denn die Tiere dösen in der Nähe meines Hochsitzes in der Hitze und sind in friedlichster Stimmung. Tom nickt und geht leise vorüber.

15.00 Uhr Oha! Da kommt noch jemand. Vicky. Sie nähert sich langsam und starrt auf den Boden, als wären Kuhfladen das Einzige, was sie gerade interessiert. Ha, sage ich da nur. Ha! Das kann sie ihrer Großmutter erzählen. Vicky ist doch gar nicht mehr im Dienst um diese Zeit. Wetten, dass die Spur der Kuhfladen sie ganz zufällig zum mittleren Steg führen wird?

15.07 Uhr Da steht Vicky immer noch und stochert in einem Fladen rum. Hihiii, ich hab eine Idee. Mein Hochsitz steht unter einer Kiefer und ich muss nur die Hand ausstrecken, wenn ich Kiefernzapfen pflücken will. Zufälligerweise will ich das gerade. Tja, und schräg unter mir liegt der genüsslich wiederkäuende Auerochsenstier, zuckt mit den Ohren und wedelt mit der Quaste, um Fliegen zu vertreiben. Der hat lange genug geschlafen, normalerweise steht er um diese Zeit immer auf. Ich weiß, man tut so was nicht, besonders, wenn man so gereift ist wie ich. Aber ich mach das jetzt trotzdem, einfach nur, weil ich wissen will, ob es funktioniert. Jugend forscht, hähä.

15.12 Uhr Volltreffer! Genau aufs Hinterteil. Ich habe nicht fest geworfen, der Zapfen ploppte nur ganz sanft auf die Kruppe des schwarzen Muskelpakets mit den Riesenhörnern. Aber nach dem dritten Zapfen war das dem Stier doch lästig. Er schüttelte genervt den Kopf, stand auf und trottete ein paar Schritte weiter. Die Kühe erhoben sich ebenfalls und folgten ihm, zusammen zog die Herde mitten auf die Wiese.
Genial! Aschenputtel hatte Täubchen als tierische Helfer. Ich habe Rindviecher. Jetzt ist da ein unüberwindbares Hindernis

zwischen Vicky und Tom. Um zum Steg zu kommen, muss sie über diese Wiese, denn der Wald, der die Lichtung umsäumt, ist sumpfig und fast undurchdringlich. Das schafft sie nie.

15.17 Uhr Schwupp, schon tritt Vicky den Rückzug an. Ich werfe ihr noch ein Kusshändchen zu. Oh, ich glaube, das hat sie gesehen.

15.40 Uhr Gääääähn. Mensch, bin ich müde. Dieses gleichmäßige Geräusch, wenn Kühe Gras abrupfen und zermalmen, ist unglaublich beruhigend.
Rapf. Rapf. Rapf. Man wird ganz dösig davon.

Betreff: Inselstress
Datum: 15. 06., 22:17 Uhr
Von: Tom Barker <wolfspfote@gmail.com>
An: Felix von Winning <snert@web.de>

Hi!

Ich hab gerade übelst Stress. Der Tag fing gut an und endete im Fiasko. Sieh selbst ...

So long,

Tom

In der Mitte des Bildes erkennt man einen Zaunpfosten, dahinter den See.
»Schön, oder?«, fragt Toms Stimme aus dem Off. »Mein Werk!« Jetzt schwenkt die Kamera langsam nach rechts. Ein weiterer Pfosten kommt ins Bild. Noch einer. Und noch einer. Und noch einer.
Die Bewegung wird schneller, ganz viele Pfosten sausen durchs Bild. Dann stoppt die Kamera und wechselt die Richtung. Dieselben Pflöcke gleiten noch einmal in umgekehrter Reihenfolge an der Linse vorbei.

»Hi Felix!«, hört man Toms Stimme aus dem Off. »Erst mal ein Wink mit dem Zaunpfahl! Was du hier siehst, habe ich geschaffen. Zum ersten Mal im Leben kann ich sagen: Ich habe Spuren auf dieser Welt hinterlassen. Das ist doch super, oder?«

Plötzlich stockt die Kamera. »Moment mal«, murmelt Tom. Er dreht sich um und nimmt eine Wiese ins Visier, auf der Auerochsen grasen, zoomt näher, das Bild wird größer. Eine schwarze Kuh kratzt sich mit dem eigenen Horn am Hinterteil. »Da stimmt doch was nicht.«

Die Kamera zeigt jetzt einen Hochsitz ganz nah bei den Kühen unter einer großen Buche. »Guck mal da oben. Na, was siehst du? Genau. Du siehst nichts. Da sitzt niemand. Aber da sollte jemand sitzen und zwar Lilia. Sie hat gerade Auerochsendienst. Ich geh mal lieber nachsehen, wo sie steckt, nicht, dass eins der Rinder sie auf die Hörner genommen hat.«

Während er gesprochen hat, ist Tom langsam auf die Kühe zugegangen. Sie beachten ihn nicht und grasen weiter. Trotzdem stoppt er jetzt. »Näher gehe ich besser nicht ran«, flüstert er. »Komisch. Nirgends eine Menschenseele zu sehen. Aber die Tiere sehen eigentlich nicht aus, als hätten sie gerade jemanden totgetrampelt. Vielleicht beobachtet Lilia sie von unten. Oder sie hatte ein menschliches Bedürfnis und hat sich kurz in die Büsche verdrückt. Achtung, nicht erschrecken, ich pfeife jetzt mal, dann zeigt sie sich vielleicht.«

Das Bild wackelt und man hört einen gellenden Pfiff. Danach bleibt erst mal alles still. Die Kühe blicken auf, senken aber nach ein paar Sekunden die Köpfe und fressen ungerührt weiter.

»Seltsam«, sagt Tom. »Wo steckt denn Lilia? Ich suche sie besser mal. Nur wo?«
Das Bild wird schwarz.
Neue Einstellung: Tom steht vor der Leiter eines Hochsitzes.
»Hi Felix, da bin ich wieder. Ich habe Lilia gefunden, sie ist da oben. Aber warte, bis du das selbst siehst.«
Das Bild bebt und schwankt, man erkennt gar nichts mehr. Aber man hört: Tom klettert die Leiter hoch.
Jetzt sieht man das Innere der Beobachtungskanzel. Auf einer hölzernen Bank sitzt Lilia, sie ist vornübergesunken und ihr Kopf liegt auf dem Brett, das ihr als Tisch dienen sollte. Ihre Haare sind zerzaust und verbergen ihr Gesicht. Leise Schnarchtöne beweisen: Sie lebt.
»Tja, das ist die Situation. Lilia schläft wie ein Murmeltier. Ich habe sie eben schon angesprochen, aber sie reagiert nicht«, sagt Tom mit gedämpfter Stimme. »Und ich glaube, sie hat ein Problem. Das Formular, das sie da als Kopfkissen benutzt, wurde von ihr vor drei Stunden ausgefüllt. Ein neueres sehe ich nicht. Ich glaube, die pennt hier schon eine ganze Weile! Die Auerochsen könnten in dieser Zeit über die ganze Insel gezogen sein. Ich glaube, ich wecke sie jetzt mal, aber das filme ich lieber nicht. Ich nehme an, sie wird erst mal ein paar Sachen sagen, die nicht jugendfrei sind.«
Schnitt.
Als der Film weitergeht, sitzt Tom auf dem Holzsteg. Er trägt eine Jacke, seine Haare werden vom Wind zerzaust. Hinter ihm geht gerade die Sonne unter, was sehr romantisch aussieht.
»Bullshit«, sagt Tom und das klingt gar nicht romantisch.

»Im Moment tagen Sonja, Harri und Knut oben im Haus und stimmen darüber ab, ob Lilia morgen abreisen muss oder ob sie eine letzte Chance bekommt. Sie hat sich heute nämlich zwei Klöpse geleistet und irgendjemand hat sie verpetzt. Ich habe Fritzi im Verdacht, aber die sagt, sie war es nicht.« Die Wasseroberfläche hinter Tom kräuselt sich, eine Windböe zerrt an seiner Jacke, aber er beachtet das nicht. »Der erste Fehler, den Lilia gemacht hat: Sie hatte heute früh versprochen, im Gemüsegarten Blattläuse zu sammeln. Das hat sie dann aber doch nicht getan, weil sie die Sache für einen Scherz hielt. Es war aber keiner.

Dieses Problem hätte sie vielleicht noch mit Sonja klären können, aber bei Lilas zweitem Fehler war Schluss mit lustig. Wie du weißt, ist Lilia heute auf dem Hochsitz eingepennt.« Tom grinst. »Ich habe sie geweckt und sie war total panisch, weil sie drei Stunden lang keine Eintragungen in ihre Kuh-Karten gemacht hatte. Zusammen sind wir den Spuren der Kühe gefolgt und haben ihren Weg rekonstruiert. Weil ich heute an verschiedenen Stellen am Zaun gearbeitet hatte, konnte ich ihr ein paar Tipps geben, wo die Viecher um welche Zeit waren, und ich glaube, dass die Karten stimmen. Ich habe ihr also geraten, den anderen gar nichts von ihrem Tiefschlaf zu erzählen.«

Er runzelt die Stirn und blickt kummervoll in die Kamera. »Und dann hat Sonja Lilia heute nach dem Abendessen auf beide Vorfälle angesprochen und ihre Stimme war eiskalt. Lilia hat gar nicht erst versucht, sich rauszureden, sie hat einfach erzählt, wie das Ganze gelaufen ist.« Tom streicht sich mit einer Hand die Haare aus dem Gesicht. »Das war das Beste, was

sie tun konnte. Trotzdem waren alle gegen sie, und jetzt fällt gleich die Entscheidung.«
Tom schlägt mit der Faust auf den Steg. »Was mach ich denn jetzt? Ich kann doch nicht einfach rüber zum Campingplatz rudern. Ich muss doch was tun.«
Das Bild wird schwarz.

Donnerstag, 16. Juni

Haien haut man bei einer Attacke fest auf die Kiemen, dann drehen sie ab. Wenn ein Bär angreift, stellt man sich tot. Alligatoren hält man die Augen zu, damit sie nicht beißen. Und wenn sie schon zugebissen haben, haut man ihnen kräftig auf die Nase, dann machen sie das Maul wieder auf. Mein schlaues Buch kennt Kampftricks gegen jedes Raubtier. Nur nicht gegen Vicky.

6.00 Uhr Bin eben in meinem Bett im Mädchenschlafsaal aufgewacht. Schlafe nämlich jetzt wieder im Haus, weil das fürs Gruppenklima besser ist und außerdem die Arbeitskraft erhält. Schlaf ist ja soooo wichtig. Habe gleich nach dem Aufwachen mein schönstes Lächeln angeknipst und »Guten Morgen« in die Runde gesäuselt. Ein Team ist immer nur so gut wie seine Mitglieder.

6.20 Uhr Frühstück. Von Harri eine neue Lektion in Finnisch erhalten, diesmal ein Sprichwort. Die Finnen sagen nicht, jemand habe nicht alle Tassen im Schrank. Sie sagen: »Hänellä ei ole kaikki muumit laaksossa.« Das heißt: »Er hat nicht alle Mumins im Tal.« Ich wusste gar nicht, dass diese nilpferdähnlichen Trolle aus Finnland stammen. Habe diesen Satz im Chor mitgesprochen, drei Mal. Harri war sehr glücklich!

7.00 Uhr Auf dem Hochsitz. Hellwach! Habe mit gespitztem Bleistift Pünktchen in Karten gezeichnet. Neun Pünktchen, alle 30 Minuten. Sehr schöne Pünktchen!

10.00 Uhr Schichtwechsel. Gleich kommt Simon. Wir wechseln uns jetzt alle drei Stunden ab, damit keiner einschläft. Da ist er ja schon! »Na, hat die Kuhzunft noch Zukunft?«, ruft er von unten.

11.00 Uhr Mädchenschlafsaal gefegt.

11.30 Uhr Küchendienst.

13.07 Uhr Wieder auf dem Hochsitz, habe eben wieder Pünktchen gezeichnet. Spüre, wie um meinen Kopf herum ein Heiligenschein wächst.

13.35 Uhr Ich bin jetzt auf Bewährung hier. Wenn ich mich ab sofort gut ins Team einbringe und meinen Job ordentlich mache, darf ich hierbleiben. Wenn nicht, muss ich nach Hause fahren. Ich hatte gestern nämlich richtig Stress mit Sonja, Harri und Knut und das ist nur ganz knapp gut ausgegangen. Puh, die hatten das echt ernst gemeint mit den Blattläusen. Die haben wirklich geglaubt, ich würde mich im Regen in den Gemüsegarten stellen, Blattläuse in ein Glas pulen und sie danach in den Wald tragen.

Ich hätte nie gedacht, dass irgendein Mensch auf der Welt ernsthaft so was tun würde, deswegen hielt ich das für einen Joke. Tja, wieder was dazugelernt.
Nicht gut, dass ich am selben Tag auch noch auf dem Hochsitz eingeschlafen bin. Gar nicht gut. Irgendwer hat mich verpetzt und unsere Betreuer haben lange darüber nachgedacht, mich nach Hause zu schicken.
Als ich gestern Abend auf die Entscheidung von Sonja, Kurt und Harri wartete, wollte ich allein sein. Maiken hatte Verständnis dafür, also bin ich raus aus der Küche, wo die anderen saßen, habe mich unter die Linde auf den Boden gesetzt und den Sonnenuntergang betrachtet. Habe darüber nachgedacht, wer mich wohl verpetzt hat. Habe auf Fritzi getippt.
Und dann kam Vicky. Sie stellte sich vor mich, wippte auf den Zehen und lächelte. »Schaaaade«, sagte sie. »Morgen um diese Zeit bist du zu Hause.«
Ich schwieg.
»Und morgen um diese Zeit bin ich immer noch auf der Insel und küsse Tom«, fuhr Vicky fort. »Und wenn ich in seinem Bett liege, halten wir nicht nur Händchen, wetten?«
Woher wusste sie das? Von Tom? Ich schloss die Augen, ich wollte sie nicht mehr sehen. Eigentlich wollte ich sie auch nicht mehr hören, aber es ist so kindisch, wenn man sich die Finger in die Ohren steckt, und den Triumph wollte ich ihr nicht gönnen.
»Morgen um diese Zeit sind wir also quitt«, sagte Vicky. »Du hast mir Jakob weggenommen. Jetzt nehme ich dir Tom weg. Ach, übrigens, nur damit du das weißt: Ich war das, ich habe dich verpetzt. Das weiß ich nämlich von Tom. Ach ja, und das

mit der Hornissennacht, das weiß ich auch von ihm. Schlaf schön, Lilia.«
Ich hörte, wie sich ihre Schritte entfernten.
Tja, Pech gehabt Vicky. Jetzt ist bald »morgen um diese Zeit«. Ich bin nicht zu Hause, ich bin noch da, und zwar, weil Tom mich rausgehauen hat. Schaaaade für dich. Und ich werde alles daran setzen, dass du ihn heute Abend nicht küsst, und wenn ich ihn dafür unter Wasser drücken muss, nur damit du nicht drankommst!

14.03 Uhr Genau weiß ich nicht, wie Tom mich gestern gerettet hat, aber so ungefähr.
Als ich unter der Linde saß, habe ich Tom gesehen. Er ging an mir vorbei, ohne mich im Schatten des Baumes zu bemerken. Schade, dachte ich, warum ist er nicht ein paar Minuten früher gekommen, dann hätte er vielleicht gehört, was diese Schlange zu mir gesagt hat. Ich überlegte kurz, ob ich ihn rufen und ihm von dem Gespräch erzählen sollte, aber Vicky hätte ja doch nur wieder alles geleugnet.
Erst, als er schon vorbeigelaufen war, habe ich mich gewundert, warum er überhaupt noch auf der Insel war. Er wollte doch mit dem Boot zum Campingplatz fahren. Auf die Idee, dass er zurückgekommen war, um ein gutes Wort für mich einzulegen, kam ich gar nicht.
Aber genau das hatte er vor. Er marschierte geradewegs in Sonjas Zimmer, wo die drei Betreuer saßen und über mich sprachen. Knut hat mir später erzählt, wie Tom ihnen freundlich, aber bestimmt seine Meinung gesagt hat.
Kein normaler Mensch würde Blattläuse von Rosen absam-

meln, sagte er, und deswegen sei es kein Wunder, wenn ich das für einen Witz gehalten hätte. Ihre merkwürdige Sicht auf die Tier- und Pflanzenwelt sei ehrlich gesagt ziemlich verschroben, darüber sollten sie mal nachdenken. Und zum Thema Einschlafen: Jeden Tag sechs Stunden lang auf einem Hochsitz auf Auerochsen zu starren, das ginge ja wohl gar nicht. Wie man so was überhaupt einteilen könne, fragte er. Und wenn ich deswegen jetzt abreisen müsse, würde er dasselbe tun. Er hätte nämlich so langsam genug von dem angeblichen Teamgeist auf der Insel, der anonyme Petzer belohnt und müde Menschen bestraft. Und zum Schluss hat er wohl noch irgendwas gesagt von wegen, sie sollten sich als Biologen auch mal mit der Spezies Mensch befassen und dazu bräuchte man keine Bücher, da könnten sie ruhig mal sich selbst beobachten. »Von euch sitzt doch auch keiner sechs Stunden lang auf dem Hochsitz oder sammelt Läuse.«

»Wo er recht hat, hat er recht«, brummte Knut, und weil Harri ihm auch in ein paar Punkten zustimmte, war die Sache entschieden. Sonja, die sich für meine Abreise eingesetzt hatte, war überstimmt.

Als die drei rauskamen, verkündeten sie ihr Urteil: Ich darf bleiben, muss mich aber ab sofort besonders im Team engagieren und darf nicht mehr am Strand schlafen. Die Blattläuse dürfen auch bleiben. Die Schichten bei der Auerochsenbeobachtung werden verkürzt, und zwar auf zwei Mal drei Stunden. Und dann mahnte Knut alle aus dem Team, sich kameradschaftlicher zu verhalten und niemanden zu verpetzen. Wer berechtigte Kritik an einem Kollegen habe, solle sie offen vor allen anderen äußern und nicht anonym hinter dem Rücken

der Betroffenen zu den Betreuern laufen. Er sah dabei nicht in Vickys Richtung, er blickte aus dem Fenster.

Als Knut mir später alles erzählt hatte, wollte ich mich bei Tom bedanken, doch der war inzwischen zum Campingplatz geschippert. In meiner Sweatshirt-Jacke, die in der Küche überm Stuhl hing, fand ich einen Gruß von ihm. Da steckte ein Schoko-Marienkäfer in der Tasche, mit einem Zettel darauf: »Frisst Blattläuse«.

15.08 Uhr Vor lauter Stress hätte ich den Brief von Rosalie fast vergessen, den Tom mir beim Frühstück gegeben hat. Ich habe ihn in der Hektik in meine Hosentasche gesteckt und eben erst wiedergefunden. Hier ist er:

Liebe Lilia!
Wie get es dir? Mir get es gut.
Ich will Niklas doch nicht heiratten, weil er Papi ergert. Ich darf niemand sagen, was Niklas macht, weil ich es ihm verschbrochen habe. Aber ich mus Niklas doch nicht heiratten, wenn ich nich will, oder?
Oder ist heiratten auch ein Verschbrechen? Schreib mir das. Unt auch, ob Goltfische teuer sint.

Deine
Rosalie Kirsch

15.34 Uhr Ich bekomme Rosinchens Brief einfach nicht aus dem Kopf. Natürlich weiß ich, dass mein Vater nicht daran zugrunde gehen wird, wenn ihn ein siebenjähriger Knirps ein paar Tage lang »ergert«. Aber wenn ich daran denke, wie sehr das Rosinchen in Niklas verknallt war! Also, wenn das jetzt vorbei ist, gibt es ein echtes Problem. Rosalie ist ein sensibles Kind und wirklich beständig in ihrer Zuneigung. Niklas muss echt was verbockt haben.

Ich glaube eigentlich nicht, dass er fies zu ihr war. Aber wenn er ihren geliebten Papi geärgert und danach vielleicht sogar noch hämisch über ihn gelacht hat – so etwas kann die Rosine übelnehmen. Das bringt sie in einen Gewissenskonflikt: Soll sie lieber ein »Verschbrechen« brechen oder zusehen, wie ihr Vater »geergert« wird? Das ist genau die Art von Problemen, mit denen sie nicht klarkommt, so was macht sie krank. Sie bekommt Bauchweh und Fieber und alleine kommt sie da nie wieder raus.

Und was ist nur mit diesem verflixten Goldfisch los?

16.30 Uhr Eben war Schichtwechsel. »Irgendwas nicht in Ordnung? Du siehst ja ganz krach und schwank aus!«, ächzte Simon, als er um vier Uhr auf den Hochsitz kletterte, um mich abzulösen.

»Schon okay«, sagte ich, aber ich blieb sitzen, als er seinen Stift und seine Karten auspackte und alles hübsch ordentlich auf dem Tisch zurechtlegte. Er sah mich von der Seite an, sagte aber nichts.

»Hast du Geschwister?«, fragte ich.

»Eine Schwester.«

»Jünger?«

»So alt wie du.« Er lächelte.

»Meine ist fünf«, sagte ich. »Noch. In vier Wochen wird sie sechs. Aber sie ist schon in der Schule, sie ist ziemlich schlau.« Er nickte und wartete, was noch kam.
»Ich habe das Gefühl, dass es bei ihr gerade nicht so gut läuft.« Ich zog Rosalies Brief aus der Hosentasche. »Das hier hat sie mir geschrieben.«
»Soll ich's lesen?«, fragte Simon.
Ich nickte.
»Nicht gut«, sagte er, als er fertig war.
»Findest du das auch?« Ich war überrascht. Schließlich kannte er weder Rosalie noch Paps, noch Niklas.
»Ja, hier die verschmierte Tinte. Ich glaube, sie hat geweint, als sie das schrieb.«
Er hatte recht. Mir wurde ganz kalt. »Ach, die arme Muckelmaus. Am liebsten würde ich sofort nach Hause fahren.«
»Ich glaube, das wäre falsch.« Simon runzelte nachdenklich die Stirn. »Lies das doch noch mal genau. Sie bittet dich um Rat. Sie will ein paar Infos von dir, aber sie will das selbst regeln.«
»Ja. Stimmt. Und was mach ich jetzt?«
»Ruf sie an und sag ihr, dass sie dieses kleine Ekel nicht heiraten muss! Und dass Goldfische nicht teuer sind. Und ruf deinen Vater an und finde heraus, was da los ist.«
»Wir dürfen doch nicht telefonieren.«
»Jaaa.«
»Wenn mich jemand erwischt, fliege ich raus. Ich bin auf Bewährung.«
»Dann lass dich nicht erwischen.«
Ich drückte Simon einen fetten Schmatzer auf die Wange und kletterte vom Hochsitz runter.

19.30 Uhr Ich hab's getan. Ich habe mir einen einsamen Hochsitz gesucht, mich dort auf den Boden gesetzt, damit mich keiner sieht, und habe Flocke angerufen.
»Hi! Ich bin's!«, begrüßte ich ihn. »Alles klar bei euch?«
»Lil!« Er klang überrascht. »Ich dachte, du wärst auf deiner Insel total abgeschnitten von der Welt.«
»Bin ich eigentlich auch. Aber ich wollte mich trotzdem mal melden. Geht's euch gut?«
»Jau. Und selbst?«
»Bestens. Du, ich hab einen Brief von Paps bekommen. Irgendwas stimmt nicht mit dem Fisch, schreibt er. Erzähl mal.« Ich musste ziemlich brüllen, die Verbindung war schlecht.
»Tja, wir haben hier ein rätselhaftes Fischsterben. Das aktuelle Exemplar ist jetzt schon unser sechstes, kein Fisch lebt länger als ein oder zwei Tage. Wir suchen verzweifelt nach der Ursache. Bakterien oder Viren können wir ausschließen, wir schrubben und desinfizieren nach jedem Todesfall das ganze Aquarium. Das Wasser haben wir mit Teststäbchen auf Schadstoffe geprüft. Und wenn ein neuer Fisch kommt, geht es dem auch erst mal super. Aber morgens treibt er mit dem Bauch nach oben tot im Wasser und wir wissen nicht, warum.«
»Vielleicht solltet ihr mal jemanden fragen, der was davon versteht?«
»Haben wir. Paps besitzt inzwischen zwei Goldfischbücher und er steht mit drei Experten telefonisch in Kontakt. Aber keiner weiß, was wir falsch machen.«
»Flocke, wo steht das Aquarium?«
»Immer noch in Rosalies Zimmer. Warum?«
»Vielleicht liegt da das Problem.«

»Hä?«
»Da sind die Kids!«
»Lil, das sind Kinder, die bringen doch keinen Goldfisch um! Die sind immer so was von traurig, wenn wieder einer tot ist! Rosalie weint jedes Mal.«
»Umbringen, nein, das glaub ich auch nicht«, überlegte ich. »Aber sonst trau ich denen alles zu. Du, haben die Kids eigentlich mal mitbekommen, dass ein Fisch gestorben ist?«

»Ja. Haben sie. Gleich beim ersten. Paps ist zwar extra zum Baumarkt gefahren, als die drei noch in der Schule und im Kindi waren. Aber er hatte den toten Fisch in eine Tüte mit ein bisschen Wasser getan und mitgenommen, er wollte ja einen Fisch, der dem toten möglichst ähnlich sah. Und dann hat er die Tüte mit der Fischleiche im Auto vergessen. Als er die Kids am Tag deiner Abreise zur Schule gefahren hat, haben sie die Tüte entdeckt. Du, das war vielleicht ein Drama!«
»Und was habt ihr mit dem toten Fisch gemacht?«
»Niklas wollte ihn beerdigen.«
»Warst du dabei?« Ich hatte da plötzlich so eine Idee.
»Nö, das haben die drei allein gemacht.«
»Und die Leiche, die morgens immer im Wasser schwimmt – sieht die frisch aus? Oder könnte sie schon ein paar Tage alt sein?«
Jetzt fiel bei Flocke der Groschen. «Du meinst, das ist immer derselbe?»
»Ich meine, du solltest bei der nächsten Trauerfeier mal für ein Seemannsgrab in der Toilette sorgen, und zwar in deiner Anwesenheit. Dann hat der Spuk vermutlich ein Ende. Und finde bitte möglichst schnell raus, wo die kleinen Frettchen die

ganzen Goldfische verstecken. Ich tippe auf den Fahrradkeller. Da gibt es Tageslicht.«
Eine Weile war es still in der Leitung. Flocke dachte nach.
»Du, warte mal«, sagte er. »Ich geh jetzt gleich runter, das überprüfe ich sofort. Bleib mal dran, ich nehm dich mit. Moooment. Soooo. Hier.« Eine Tür quietschte. »Also, das ist – Hammer!!!«
»Was???«
»Drei Einmachgläser! Und in jedem schwimmt ein Fisch. Wenn man das schwimmen nennen kann, die armen Viecher, Tierquälerei ist das. Also echt! Sag mal, kannst du hellsehen?«
»Klar. Weißt du doch. Du, Flocke, bitte sag keinem, dass ich dir das gesagt habe. Und halte die Rosine da raus. Die kann nichts dafür, ich weiß das.«
»Hmmm, schwierig. Aber okay. Ich regele das mit Niklas von Mann zu Mann.«
»Du, kannst du mir mal noch eben kurz die Rosine geben?«
»Schlecht. Die drei sind schon im Bett. Paps liest ihnen gerade vor.«
»Okay, dann richte ihr was von mir aus! Aber unbedingt unter vier Augen. Und – nicht vergessen!«
»Okay.« Er seufzte. »Was denn?«
»Musst du nicht!«, sagte ich.
»Wie? Jetzt doch nicht?«
»Sag ihr einfach nur diese drei Wörter: Musst du nicht.«
»Versteh ich nicht«, meinte Flocke.
»Musst du auch nicht. Ciao, Bro. Grüß alle von mir. Auch Dana!«

20.30 Uhr Als ich vom Hochsitz runterkletterte, lehnte Vicky mit verschränkten Armen am Stamm eines Baums.
»Keine Angst, ich verrate dich nicht. Ich bin ja keine Petze.« Sie stieß sich mit einem Fuß am Baum ab und kam auf mich zu. Hinter den Gläsern ihrer Sonnenbrille konnte ich ihre Augen nicht erkennen, aber ich war sicher, dass sie Blitze schossen. Einen Schritt vor mir blieb sie stehen und ich konnte ihr klebrigsüßliches Parfüm riechen. »Außerdem möchte ich inzwischen, dass du hierbleibst«, zischte sie. »Es macht mir nämlich viel mehr Spaß, Tom zu verführen, wenn du dabei zusiehst.«
»Weißt du was, Vicky?« Ich ging auf sie zu und sie wich zurück. »Steig auf deinen Besen und zisch ab!«
Ich wandte mich ab und ließ sie stehen.

22.00 Uhr Ich liege in meinem Bett und tue genau das, was ich nie tun wollte: Ich warte auf Vicky, die mit Tom rüber zum Campingplatz gefahren ist. Eigentlich müssten die beiden längst wieder hier sein, aber Vicky kommt und kommt nicht. Ich sage mir dauernd, dass das nichts bedeuten muss. Selbst wenn Tom sich längst von ihr verabschiedet hätte, würde Vicky noch ein paar Stunden lang unten sitzen, nur damit ich mir hier oben das Schlimmste ausmalen könnte.
Ich weiß das und trotzdem male ich mir das Schlimmste aus. Ich habe Sehnsucht nach meinem Schlafplatz am Strand und den Sternen über mir. Wenn ich da noch übernachten dürfte, würde ich das alles gar nicht wissen.
Vicky war heute voll in ihrem Element. Zu Tom war sie schleimfreundlich, aber zu allen, die unter ihrer Würde sind, war sie giftig wie eine Hexe.

Als Tom nach dem Abendessen noch unten am Bootssteg war, lungerten ein paar von uns auf Liegestühlen unter der Linde herum und chillten. Simon, Vicky, Karim, ich.
»Wer will ein Bier?«, fragte Torsten durchs Küchenfenster.
»Pfihihi. Lieber ein Bier mit Torsten als ein Tier mit Borsten«, alberte Simon gut gelaunt.
»Sag mal, gibt's dich auch in witzig?« Vicky sah ihn an wie ein ekliges Insekt.
»Nee, in deiner Preisklasse nur in der Sparwitzvariante«, gab Simon zurück. Trotzdem sah er gekränkt aus. Er senkte den Kopf, damit wir sein Gesicht nicht mehr sehen konnten, zog ein Päckchen Zigaretten aus der Hosentasche und klopfte eine Kippe aus der Schachtel. »Stört es jemanden, wenn ich rauche?«
»Es würde mich nicht mal stören, wenn du brennst«, sagte Vicky.
»Achtung! Helft mir mal bitte!« In diesem Moment schleppte Stella einen Korb mit Bierflaschen, Chips und Erdnüssen nach draußen. Schon war Torsten hinter ihr, nahm ihr die Last ab und stellte den Korb in die Mitte. Dann setzte er sich unter die Linde, lehnte sich mit dem Rücken an den Stamm und zog Stella zu sich. Sie ließ sich neben ihn fallen und kuschelte sich an ihn. Vickys Augen wurden ganz schmal. Torsten stand also offensichtlich immer noch auf ihrer Beuteliste. Aber erst war Tom dran und der kam jetzt den Weg vom See herauf, ein Handtuch über den nackten Schultern. Er breitete es neben Vickys Liegestuhl auf der Wiese aus und setzte sich drauf. Ein paar Wassertropfen glitzerten auf seinen Oberarmen, als er mit Simons Feuerzeug eine Bierflasche öffnete. Man hörte förmlich, wie es in Vickys Hirn ratterte.
»Tommilein, machst du mir auch eins auf?«, säuselte sie.

Wortlos reichte Tom seine Flasche an sie weiter. Vicky trug knappe Jeansshorts und ein weißes Spitzentop. Ihre Haut glänzte goldbraun. Sie roch nach Sonnencreme. Und dann streckte das Biest Tom seine Käsemauken hin und seufzte, die würden soooo wehtun und ob er sie mal kurz massieren könnte. Und was machte Tom? Er tat das auch noch!!!
Wenn Vicky wenigstens hässliche, haarige Hobbitfüße gehabt hätte. Aber tatsächlich sahen ihre Füßchen frisch gewaschen, hübsch und schmal aus, mit rosalackierten Zehennägeln.
Vicky schnurrte vor Wohlbehagen und dann sagte sie, sie würde Tom zum Campingplatz begleiten, weil es so romantisch sei, in einer sternklaren Nacht still über den See zu gleiten.
ICH HASSE SIE.

23.00 Uhr Vicky ist immer noch nicht da. Ob ich mal runtergehen soll? Nee, das will die ja nur, eine größere Freude als meinen Anblick könnte ich ihr jetzt gar nicht machen. Aber Maiken könnte das tun. Sie liegt auf ihrem Bett und liest. Ich versuche mal, ihr mit Handzeichen klarzumachen, was ich von ihr will, damit Fritzi nichts merkt. Die sitzt nämlich an unserem Tisch am Fenster und schreibt einen Brief.

23.10 Uhr Grmpf. Maiken kapiert nicht, was ich von ihr will.

23.13 Uhr »Das ist keine gute Idee«, sagte Fritzi eben. Ich wusste erst gar nicht, was sie meinte, aber als sie weitersprach, wurde es klar. »Wenn Maiken für dich runtergeht und nachsieht, ob Tom schon da ist, kannst du das genauso gut selbst tun. Das ist viel zu auffällig.« Fritzi drehte sich zu mir um und als ich sah, wie sich ihre Bewegung in der Fensterscheibe spiegelte, begriff ich. Sie hatte meine Handzeichen gesehen und im Gegensatz zu Maiken kapiert, was ich wollte.

»Weißt du was? Ich geh für dich runter«, sagte Fritzi jetzt, stand auf und verließ den Raum.

»Was ist denn plötzlich mit der los? Zeigt sie menschliche Züge?«, fragte ich Maiken.

»Ich tu das nicht, weil ich dich mag«, rief Fritzi von der Treppe zurück in unser Zimmer. »Ich mache das nur, weil ich Vicky noch weniger mag als dich.«

Nach ein paar Minuten kam sie zurück. »In seinem Zimmer ist Tom nicht und im Hof ist er auch nicht. Da sind nur Stella und Torsten, die wieder mal rumknutschen. Tut mir echt leid.« Sie sah mich fast freundlich an, aber in diesem Moment konnte ich das nicht so richtig würdigen. Ich zog mir die Bettdecke über den Kopf.

Betreff: Inselkoller
Datum: 16.06., 22:15 Uhr
Von: Tom Barker <wolfspfote@gmail.com>
An: Felix von Winning <snert@web.de>

Hi X,

heute: die Insel – Risiken und Nebenwirkungen.

Bis bald,
Tom

»Hey, Kumpel!« Tom hält die Kamera am ausgestreckten Arm und filmt sich selbst in Großaufnahme. »Heute mal ein ernstes Gespräch von Mann zu Mann! Guck mal da drüben.«
Die Kamera schwenkt nach links. Von fern sieht man einen Auerochsen.
Zoom, das Tier wird größer und größer. Es hat beeindruckende Muskelpakete und gewaltige Hörner. »Das ist der Stier, der einzige Mann in der Auerochsenherde«, sagt Tom. »Er liegt da ganz entspannt und käut wieder, denn er hat hier auf der Insel das Paradies auf Erden. Futter, so weit das Auge reicht. Acht Frauen. Weit und breit kein Rivale in Sicht. Der fühlt sich hier wie der Chef.«

Der Stier blinzelt, weil ihm eine Fliege ins Auge gesurrt ist. Unwillig schüttelt er den Kopf, um den Brummer zu vertreiben.
Tom erscheint wieder selbst vor der Linse. »Wenn der wüsste!«, sagt er. »Einen Sommer hat er noch, dann ist er weg hier. Um Inzucht zu vermeiden. Nächstes Jahr kommt ein neuer Stier auf die Insel und die Kühe werden ihn nach ein paar Tagen nicht mehr vermissen. Austauschbar, das ist er nämlich, auch wenn er es nicht weiß. Tja, so kann das laufen.«
Toms Gesicht kommt der Linse jetzt bedrohlich nahe.
»Was ich dir mit dieser Expedition ins Tierreich sagen will, Kumpel: Wir sind alle nicht unersetzlich. Ich denke, du solltest dich bei Maiken mal wieder in Erinnerung bringen. Vielleicht hast du schon mal von jenem Kommunikationssystem gehört, das ganz ohne Strom funktioniert. Man schreibt dabei Nachrichten auf hauchdünne weiße Rechtecke, die man zusammenfaltet, in einen Umschlag steckt und in einen gelben Kasten wirft. Man nennt das Post. Meist sind diese Nachrichten schon einen Tag später beim Empfänger. Also, nicht dass ich dich zwingen will oder so. Aber ich habe Augen im Kopf und ich sehe, dass ein gewisser Helge sich mehr als nur rein freundschaftlich für Maiken interessiert. Ich störe die beiden zwar weiterhin bei jeder Gelegenheit, indem ich immer genau dort Pfosten in den Boden ramme, wo die beiden sich ein idyllisches Plätzchen zum Arbeiten gesucht haben. Aber die sind nicht doof. Heute hatten sie sich einen Ort ausgesucht, an dem der Zaun schon fertig war. Also, wie gesagt, ich würde mich an deiner Stelle mal wieder in Erinnerung bringen. Man ist ja so schnell out bei den Frauen!«

Er lehnt sich zurück und verschränkt die Arme. »Ja, ja, ja! Bevor du fragst: Ich spreche aus Erfahrung. Ich bin out. Habe heute von ferne beobachtet, wie Lilia stundenlang mit Simon im Hochsitz saß und sich bestens unterhielt.
Habe Pfosten gehämmert wie ein Halbgott – mit nacktem Oberkörper und eingezogenem Waschbrettbauch. Aber was soll ich sagen? Sie hat mich nicht mal bemerkt.
Ich weiß, was du jetzt fragst: Warum stört dich das, Tom Barker? Du willst doch keinen Kugelfisch?
Tja, warum stört mich das? WARUM? Vielleicht, weil Vicky gesagt hat, Lilia und Simon seien zusammen?
Vielleicht deswegen, weil Simon keine Angst vor Kugelfischen hat? Ich weiß es ja selbst nicht.«
Der Film bricht grußlos ab.

Freitag, 17. Juni

Zu den wichtigsten Survival-Regeln gehört die sogenannte »Dreier-Regel«: Ein Mensch kann drei Minuten ohne Sauerstoff auskommen, drei Tage ohne Wasser und drei Wochen ohne Essen. Für mich gilt neuerdings leider noch eine vierte Dreier-Regel: Ich schaffe es nicht mehr länger als drei Stunden ohne Tom. Das ist ein Problem.

8.15 Uhr Seit ich nicht mehr unterm Boot schlafe, geht es mir wieder ganz furchtbar. Genauso wie letzte Woche zu Hause. Die Insel hat überhaupt keinen heilsamen Effekt mehr auf mein Gefühlsleben. Maiken hat mir wieder Staphisagria gegeben und ich habe trotzdem die ganze Nacht nicht geschlafen. Weil Vicky die ganze Nacht nicht ins Mädchenzimmer zurückkam.

8.30 Uhr Das darf ja wohl nicht wahr sein. Vicky muss echt ein Problem mit mir haben. Das kann kein Zufall sein. Ich habe Frühschicht und die Auerochsen grasen gerade im mittleren »Ärmchen« unserer E-förmigen Insel, ganz in der Nähe des Ufers. Ich sitze also auf einem Hochsitz, von dem aus ich den dortigen Badesteg im Blick habe. Und genau da vergnügt sich Vicky gerade mit Tom. Wie hat sie das nur hingetrickst?

Ich trau ihr zu, dass sie die Herde irgendwie hierhergetrieben hat, nur damit ich ihr beim Planschen mit ihm zusehen muss. Aber vielleicht leide ich inzwischen auch unter Verfolgungswahn. Vielleicht ist das Schicksal einfach auf ihrer Seite.

8.40 Uhr Ich versuche, nicht hinzustarren, aber ich kann sogar jedes Wort hören, das die beiden sprechen.
»Und? Wie seh ich aus?«, ruft Vicky gerade und dreht sich nach links und nach rechts. Sie trägt einen nagelneuen, neongelben Bikini mit Fransen.
Tom antwortet nicht, er macht irgendwas an seiner Kamera und hört ihr gar nicht zu.
»Jetzt sag schon!«, quengelt Vicky. »Wie seh ich aus?«
»Passt schon«, ruft Tom hinter seiner Kamera hervor. Er soll sie anscheinend filmen. »Na, dann leg mal los.«
Vicky dreht sich um und präsentiert ihm ihre Rückansicht. Sie zupft ihr Bikini-Höschen zurecht, schreitet vorn an den Steg, wippt ein bisschen auf den Fersen und streckt die Arme nach oben. Dann lässt sie die Arme wieder sinken und dreht sich um. »Ich trau mich nicht«, sagt sie mit süßem Schmollmund.
»Du, kein Problem, dann lassen wir das«, ruft Tom ihr zu. »Ist ja auch echt nicht ohne, so ein Salto vom Steg aus.«
»Aber gestern konnte ich es doch. Kannst du mir das bitte noch mal zeigen?«
Tom zuckt plötzlich zusammen. Er zieht sein Handy aus der Tasche und wirft einen Blick darauf. Er ist ja als Hausmeister der Einzige von uns, der das Handy immer angeschaltet haben muss, für den Notfall. Und jetzt scheint ein solcher Notfall vorzuliegen, irgendjemand hat ihn angeklingelt.

Hähä, ich war das, ich bin der Notfall. Habe ihm eben eine SMS geschickt.
»Böttäää!«, nörgelt Vicky. »Nur einmal noch!«
»Später gern«, sagt Tom. »Aber jetzt muss ich langsam mal was arbeiten.«
»Schaaade!« Was für ein Augenaufschlag von Vicky. Warum sind Männer so doof? Der muss doch merken, was hier läuft. Tut er aber nicht.
»Heute Nachmittag«, verspricht Tom und verabschiedet sich mit einem Küsschen rechts und links auf Vickys Wangen.
Pffff. Eklig.
Aber wenigstens küsst er sie nicht auf den Mund. Habe eben kurz überlegt, ob vielleicht doch was zwischen den beiden läuft. Schließe das aber nach eingehenden Überlegungen doch eher aus. Wenn sie ein Paar wären, hätte er sie ja wohl richtig geküsst. Dafür hätte Vicky schon gesorgt.
Vicky legt sich ein Handtuch um die Schultern und zieht ab. Tom sieht ihr noch kurz nach, dann verschwindet auch er aus meinem Blickfeld.
Jetzt wackelt die Leiter meines Hochsitzes. Das wird er sein!

9.12 Uhr »Spinnst du?«, fragte Tom, als er meinen Hochsitz erklommen hatte. »Du darfst dein Handy nicht benutzen, kapier das doch. Lil, du bist hier auf Bewährung!«
»Ja, ja, ja, ich mach das ja jetzt nicht mehr.« Ich plinkerte ihn an. Augenaufschläge kann ich auch.
»Wirklich Lilia, ich versteh dich nicht! Du hast doch genug Schwierigkeiten gehabt. Halt dich doch mal an ein paar Regeln! Das würde dein und mein Leben ziemlich vereinfachen.«

»Ja, mach ich. Aber ich musste dir dringend was sagen.«
»Und was soll das bitte schön sein?« Er verschränkte die Arme vor der Brust und lehnte sich zurück. Seine Körpersprache war leicht zu deuten, er war voll Abwehr.
»Vicky ist nicht ehrlich. Sie sagt dir nicht, was wirklich abgeht.«
»Ach. Aber du? Du sagst mir das?«
»Wie meinst du das? Natürlich! Und ich sage dir, Vicky zieht da eine ganz miese Nummer mit dir ab. Das ist die Wahrheit!«
»Komm, lass es sein, Lilia.« Tom wandte sich zum Gehen. »Ich kann selbst auf mich aufpassen. War's das?«
Eigentlich war es das wirklich. Was sollte ich tun, wenn er die Wahrheit nicht wissen wollte? Ich hätte es dabei belassen sollen. Aber als ich ihn und Vicky eben auf dem Badesteg gesehen hatte, da war mir ein Gedanke gekommen, und obwohl ich mich selbst beschimpft hatte, dieser Gedanke sei eigentlich eher Vickys Niveau, hatte er sich in meinem Kopf eingenistet. Ich hatte gedacht: Immer wenn Tom mich aus irgendwas retten muss, vergisst er Vicky sofort. Kann ich da nicht ein bisschen nachhelfen? Ich hatte ihm deswegen diese SMS geschickt und es hatte geklappt. Lilia macht einen Fehler, schwupp, Vicky ist unwichtig. Der Erfolg gab mir recht. Tom war jetzt bei mir, auch wenn das gerade ein äußerst schlecht gelaunter Tom war. Ich beschloss, noch ein bisschen nachzulegen, um Vickys Fransenbikini aus seinem Kopf zu vertreiben.
»Tom, warte mal, ich wollte dir noch was zeigen.« Plinker, plinker. »Sieh dir das hier doch mal an.« Ich reichte ihm ein Blatt Papier mit einer Zeichnung, die ich vor ein paar Tagen mal angefertigt hatte. »Damit will ich die Kuh-Forschung revolutionieren.«

»Aha«, sagte Tom einsilbig, oder besser gesagt, er sagte es natürlich zweisilbig. »Und was ist das?« Verständnislos starrte er auf den Zettel in seiner Hand.

»Guck mal, Tom. Ich sitze hier seit Tagen und starre diese Auerochsen an. Und ich zeichne nur Punkte in Karten. Aber inzwischen kann ich die Tiere auseinanderhalten. An ihrer Größe, ihrer Figur und ihren Hörnern. Wäre es nicht rein wissenschaftlich betrachtet viel interessanter, ein Soziogramm der Herde zu zeichnen, als immer nur diese doofen Karten auszufüllen?«

»Ein Sozio- was?«, fragte Tom.

»Eine Zeichnung, die die sozialen Beziehungen zwischen den einzelnen Tieren wiedergibt.« Ich strahlte ihn an. »Psychologen und Pädagogen machen so etwas auch.«

Er sah mich an, als wäre ich bekloppt, und so ganz unrecht hatte er mit dieser Vermutung nicht. Was ich da sagte, war schon krass, aber ich meinte das ja auch nicht wirklich ernst. Wenn er jetzt lachte, war das auch okay. »Pass auf, Tom: Ich habe jeder Kuh einen Namen gegeben. Sie heißen Yksi, Kaksi, Kolme, Neljä, Viisi, Kuusi, Seitsemän, Kahdeksan und Yhdeksän.«

»Wie?« Tom gab ein leises Röcheln von sich.

»Das sind die Zahlen von eins bis neun auf Finnisch, Harri hat sie uns doch neulich beim Frühstück beigebracht. Seitsemän ist natürlich der Stier, das klingt am ehesten wie ein Junge.«

»Ein Junge?«, ächzte Tom.

»Na, ich meine, das ist ein männlicher Name, also heißt so der Stier. Und die ganz große Kuh mit den sehr geraden Hörnern, das ist Kaksi.«

»Kaksi???« Tom schnappte nach Luft.

»Du, das passt, sie hat eine aktive Verdauung. Die mit dem dicken Bauch, die bestimmt bald ihr Kälbchen bekommt, das ist übrigens Yksi. Sie ist mit Kaksi befreundet. Schau mal, hier, ich habe das aufgezeichnet. Freundschaft ist durch ein Herz gekennzeichnet. Das sagt doch viel mehr aus als die ollen Formulare mit den Punkten.«

Auf dem Schaubild, das ich gezeichnet hatte, sah man Kühe, eher symbolisch wiedergegeben und durchnummeriert, und zwischen ihnen waren Pfeile, Herzchen und Blitze gezeichnet. Ich schielte über Toms Schulter auf das Papier. »Die Blitze bedeuten Konflikt«, sagte ich stolz.

»Lilia, das gibst du heute Abend nicht ab!« Tom riss mir den Zettel aus der Hand und zerknüllte ihn.

»Aber warum nicht? Was soll ich denn sonst abgeben? Irgendwas brauchen die doch, sonst bekomme ich nur wieder Ärger.«

Merkte der eigentlich nicht, dass ich ihn hochnahm? Nein, er merkte es nicht.

»Hast du etwa die Protokolle schon wieder nicht gezeichnet? Mensch, Lil, so geht das nicht!« Tom bekam einen ganz roten Kopf. Höchste Zeit, die Sache zu stoppen.

»Jetzt reg dich nicht auf, Tom. Die Kühe sind seit acht Uhr hier an derselben Stelle. Ich kann die Protokolle ja noch schnell zeichnen, wenn dir das so wichtig ist!«

»MIR WICHTIG???«, brüllte Tom.

Au weia, jetzt hatte ich es übertrieben!

»MIR IST HIER ÜBERHAUPT NICHTS WICHTIG!!!« Er sprang auf. »DAS HIER IST DEIN LEBEN UND DU KANNST ES JETZT MAL ALLEIN LEBEN. ICH HAB KEINE LUST MEHR, DICH STÄNDIG IRGENDWO

RAUSZUHAUEN!!! LASS DAS DOCH SIMON MACHEN. WER BIN ICH HIER EIGENTLICH? DER DÖDEL VOM DIENST ODER WAS???«
Er sprang in einem Satz vom Hochsitz runter und joggte weg.

9.40 Uhr Uff. Damit hatte ich nicht gerechnet. Das war eine blöde Idee von mir, eine ganz blöde Idee.
Und warum habe ich das getan? Wieder nur, weil Vicky mich provoziert hat. Warum bin ich so bescheuert? Warum lasse ich mich von ihr immer zu irgendetwas bringen, das mir eigentlich gar nicht liegt? Das will die doch nur! Wäre ich doch unter meinem Boot geblieben!
Mensch, wie kann ich das nur wiedergutmachen?

9.50 Uhr Ein ganz böser Gedanke beherrscht seit eben meine Gedanken. Was, wenn Vicky und Tom doch schon seit der letzten Nacht ein Paar sind? Dann habe ich mich jetzt eben so richtig blamiert!

9.55 Uhr Sie haben sich auf dem Steg aber nicht berührt und nicht geküsst. Und wenn sie noch kein Paar sind, ist das jetzt vielleicht meine letzte Chance.

14.09 Uhr Habe mit Simon die Schicht getauscht, um in der Mittagspause mit Tom reden zu können.
Tom ist aber nicht da, ich habe die ganze Insel abgesucht. Das Boot ist auch weg. Zum Glück ist Vicky hier, mit ihr hat das also ausnahmsweise mal nichts zu tun.

17.16 Uhr Wieder auf dem Hochsitz. Soll ich Tom einen Brief schreiben, in dem ich ihm alles erkläre?

18.26 Uhr Ich habe den Brief jetzt schon zum zehnten Mal angefangen und immer wieder zerrissen. Ist wohl doch besser, so etwas unter vier Augen zu besprechen. Das mache ich heute Abend. Und wenn Vicky mich dabei stört, puste ich sie auf wie einen Luftballon und zerknalle sie einfach.

19.07 Uhr Moment mal!!! Habe ich eben wirklich neun Punkte in die Karte eingezeichnet? Oder waren das nur acht?

19.14 Uhr Habe eben alle Pläne der letzten Stunden durchgeblättert. Seit 17.30 Uhr habe ich nur noch acht Punkte eingetragen. Und jetzt weiß ich auch, warum: Yksi ist weg. Die schwangere Yksi. Oje.
Vielleicht kommt sie gerade nieder!? Schafft sie das allein oder braucht sie dazu einen Arzt?

19.22 Uhr Ach was, bestimmt macht die das ohne Menschen viel besser. Sie ist doch ein Wildtier. Sie braucht keine Hebamme.

19.24 Uhr Und wenn sie es nicht schafft? Es ist ihre erste Geburt. Soll ich sie suchen? Oder soll ich zurückgehen und Knut um Rat fragen?

Betreff: Oha! Es kann schreiben!!!
Datum: 17.06., 20:55 Uhr
Von: Tom Barker <wolfspfote@gmail.com>
An: Felix von Winning <snert@web.de>

Hey, heute kein Film. Die Kamera hat ein technisches Problem. Ist wohl heute Nacht feucht geworden, als ich so lange am Strand saß.
Alter, dein Brief ist angekommen. Als ich deine Schrift sah, wollte ich ihn schon öffnen, aber ich habe gerade noch rechtzeitig gesehen, dass er nicht an mich adressiert war. Ich werde gleich so schnell wie möglich auf die Insel zurückrudern und ihn Maiken überbringen.
Erfahr ich irgendwann, was drinsteht?

Bis bald,

Tom

Samstag, 18. Juni

Noch mal was aus meinem Buch: Wenn man von einem Wildtier ignoriert werden will, gibt es einen Trick. Man muss aussehen wie dieses Tier, riechen, wie es riecht, grunzen, wie es grunzt, und fressen, was es frisst.
Als gestern die schwangere Auerochsenkuh vor mir stand, habe ich das versucht. Echt. Ich spreche aber nicht so gern darüber.

8.15 Uhr Habe gerade einen Brief geschrieben. An den Autor meines schlauen Buches:

Sehr geehrter Herr Hemmerle-Wiedeking,

ich bin ein großer Fan Ihres Survival-Buches »Menschen sind auch nur Natur«. Es hat mein Leben verändert (sogar mein Liebesleben).
Eine kleine Anmerkung habe ich aber: Auf Seite 332 empfehlen Sie Ihren Lesern, sich beim Anpirschen an ein wildes Tier ähnlich zu verhalten wie genau dieses Tier, um dessen Argwohn zu beschwichtigen. Ich habe nun gestern Nacht festgestellt: Bei Auerochsen funktioniert das nicht. Sie bekämpfen Menschen,

die sich wie Auerochsen benehmen, mit roher Gewalt. Ich finde, Ihre Leser sollten das unbedingt wissen.

Mit freundlichen Grüßen

Lilia Kirsch (gestern nur knapp einer Auerochsenkuh entronnen, seitdem bettlägerig!)

8.30 Uhr Und noch ein Brief, den ich eben geschrieben habe, diesmal an Dana:

Hi Süße!

Wundere dich nicht, wenn ich früher zurückkomme als geplant. Ich habe mir leider schon wieder das Fußgelenk verletzt und hier auf der Insel tagt gerade eine Kommission, die darüber entscheiden soll, ob ich deswegen nach Hause geschickt werde. Mach dir keine Sorgen, das mit dem Fuß ist nicht so schlimm, deswegen muss ich bestimmt nicht heim. Aber die sind hier gerade alle ein bisschen sauer auf mich. Sie finden nämlich, dass ich meinen Unfall selbst verschuldet habe. Kann also sein, dass bald jemand bei meinem Vater anruft und ihn darum bittet, mich abzuholen.
Du, falls so ein Anruf kommt – kannst du meinen Vater und Flocke dann beschwichtigen? Das wird wohl nötig sein. Vielleicht kannst du sie daran erinnern, dass ich auch gute Eigenschaften habe?
Ich muss diesen Brief jetzt ganz schnell beenden, denn Tom fährt gleich rüber aufs Festland und holt einen Arzt. Er soll

den Brief mitnehmen. (Tom natürlich, nicht der Arzt! Der soll meinen Fuß begutachten.)

Bis hoffentlich nicht so bald

Lilia

P.S.: Falls doch niemand anruft – BITTE KEIN WORT DAVON!!!

8.45 Uhr Die Kommission hat die Entscheidung über meinen Verbleib auf der Insel vertagt. Harri will erst wissen, was der Arzt sagt. Er befürchtet nämlich, dass der Fuß gebrochen sein könnte, weil er so dick ist. Dann muss ich in ein Krankenhaus. Und mit mir reden wollen die alle auch erst noch, bevor sie sich entscheiden. Sie möchten genau wissen, warum ich das gemacht habe und ob ich meinen Unfall wirklich selbst verschuldet habe.
Also, gebrochen ist der Fuß bestimmt nicht. Ich habe damit ja jetzt schon Erfahrung. Das Band ist wieder überdehnt, sonst nichts, und er ist nur so dick, weil ich ihn die ganze Nacht lang nicht gekühlt habe. Da ist mir nämlich was dazwischengekommen.
Aber bei der Schuldfrage sieht es schlecht für mich aus. Es war wirklich TOTAL bescheuert, Yksi zu suchen. Was wollte ich denn tun, wenn ich sie gefunden hatte? Ihr bei der Geburt die Klaue halten oder was?
Na ja, genau genommen dachte ich, dem Kälbchen sei vielleicht

etwas passiert. Ich sah es schon vor mir, einsam und verletzt irgendwo im Gras, Yksi verzweifelt bei ihm wachend. Ich wollte die beiden retten, weiter habe ich nicht gedacht.

Ich wusste ja nicht, dass Auerochsenkühe ihre Jungen in den ersten Tagen fernab der Herde in hohem Gras verstecken. Sie stehen oder liegen dann nicht nah bei ihren Kälbern, sondern beäugen sie von fern, um nicht durch ihre weithin sichtbare Anwesenheit Feinde auf das Kleine aufmerksam zu machen. Wenn aber doch ein Feind naht, werden die sanften Kühe zu wahren Löwenmüttern.

Ja. Ich wusste das nicht, aber ich hätte es wissen müssen. Es war mir schließlich bekannt, dass Yksi schwanger war. Als Kuhbeauftragte hätte ich mich darüber informieren müssen, wie Kühe sich vor, während und nach der Geburt verhalten. Das wäre einfach mein Job gewesen.

Aber ich hatte ja den Kopf voll Selbstmitleid und voll Gedanken an Tom. Ich. Bin. Schuld.

Aber ich will nicht nach Hause. Jetzt abzureisen, das wäre ungefähr so, als würde man ein Buch vorm letzten Kapitel zuklappen. Ausgerechnet jetzt!!!

9.00 Uhr Kreiiiiiiisch, ich bin ja sooo glücklich!!! Tom hat eben die Briefe geholt und er hat – oooh, nein, halt, stopp! Ich hatte mir vorgenommen, alles chronologisch aufzuschreiben. Ich unterdrücke schon den ganzen Tag den Wunsch, die Geschichte in umgekehrter Reihenfolge zu erzählen und mit dem Ende anzufangen, und dabei bleibe ich auch. Ich will das Ganze beim Schreiben nämlich gleich noch mal von Anfang bis Ende durchleben. Die Höhen und die Tiefen!

10.30 Uhr Hö, hö, hö. Es gibt keinen Arzt, der am Samstag einen Hausbesuch auf dieser Insel machen kann und will. Wenn man einen Unfall hat, ruft man hier entweder einen Rettungshubschrauber, aber dafür müsste man eigentlich schon fast klinisch tot sein, oder man schleppt sich selbst ins nächste Krankenhaus. Mein Fuß ist aber schon deutlich abgeschwollen und deswegen warten wir jetzt bis morgen. Leider müssen Tom und Maiken heute arbeiten. Vor mir liegt also ein langer, einsamer Tag im Bett. Zum Glück habe ich viel nachzutragen.

10.35 Uhr Erst sah es ja gestern so aus, als würde ich Yksi gar nicht finden. Ich bin eine Stunde lang kreuz und quer über die Insel gelaufen und habe all die Trampelpfade abgeschritten, die die Auerochsen geschaffen haben, aber nirgends sah ich auch nur eine Hornspitze von ihr.
Am äußersten westlichen Ende der Insel gab ich auf und kehrte um. Ich sammelte noch ein paar Nixentränen am Kiesstrand, denn diese abgeschliffenen grünen und weißen Glasstücke wollte ich Tom bei der nächsten Gelegenheit in die Tasche mogeln, als Friedensangebot.
Danach ging ich in die Richtung, in der ich unser Haus vermutete. Obwohl ich ganz am anderen Ende der Insel war und noch fast eine Stunde Fußweg vor mir hatte, beeilte ich mich nicht. Maiken hatte nämlich den gestrigen Freitagabend zum »Jemawawi« ernannt. Das Wort ist eine Eigenkreation von ihr und heißt nichts anderes als »Jeder macht, was er will«. Und das bedeutet: Sie und Helge hatten ausnahmsweise mal kein Abendprogramm organisiert. Nicht mal ein gemeinsames Essen war geplant. Auf dem Herd sollte ein Riesentopf mit Chili köcheln

und wer Hunger hatte, konnte sich davon nehmen. Maiken war nämlich der Meinung, wir bräuchten alle eine Auszeit, eine Pause von unserer Gruppendynamik. Sie fand die Stimmung im Team gerade so gereizt. Vielleicht brauchten aber auch nur Maiken und Helge eine Auszeit von uns.

Ich ließ mir also Zeit für den Rückweg, schlenderte durch den zartgrünen Eichenwald, hörte den Amseln bei ihrem Abendkonzert zu, pfiff sogar ein bisschen mit und freute mich auf das Chili.

Yksi hatte ich schon fast vergessen, als sie plötzlich vor mir stand, groß, schwarz und mit gesenkten Hörnern.

Die Vögel verstummten. Ich auch.

Mir fiel sofort auf, dass sie schlanker wirkte als gestern. Sie musste ihr Kalb also schon geboren haben. Aber wo war es? Sie stand da ganz allein.

»Gaaanz ruhig, ich helfe dir. Zeig mir dein Kleines«, sagte ich zu ihr. Aber Yksi wirkte nicht besonders erfreut, mich zu sehen. Ihre Ohren zuckten nervös hin und her und sie starrte mich an.

Ich blieb stehen und lächelte freundlich, ganz Krankenschwester. Yksi schnaubte drohend.

Da begriff ich. Sie wollte keinen Beistand. Sie wollte ihre Ruhe. Gaaaaanz laaaaangsam zog ich mich zentimeterweise hinter einen Baum zurück.

Yksi wandte den Kopf zur Seite und schubberte mit ihrem Horn einen Streifen Rinde von einem Stamm. Ich fröstelte. Schärfte sie gerade ihre Waffen für den Kampf?

Ich wich noch einen Schritt zurück. Nanu? Yksi folgte mir.

Langsam machte ich drei Schritte rückwärts. Yksi kam vier Schritte näher. Oje, das führte zu nichts.

Jetzt keine Panikreaktion! Ich zwang mich zur Ruhe und überlegte. Yksi stand da und bedrohte mich, aber sie griff nicht an. Sie hatte sich also noch nicht entschieden, ob ich Freund oder Feind war. Vielleicht konnte ich ihr irgendwie vermitteln, dass ich auf ihrer Seite stand?

Da erinnerte ich mich an diesen Trick in meinem Buch und ich hatte eine Idee: Ich musste einfach aussehen wie ein Auerochse, um Yksi zu beschwichtigen, am besten sogar wie ein Auerochsenkalb. Harmlos, niedlich und friedlich. Dann würde sie mich ignorieren und ich konnte mich zurückziehen.

Ich checkte schnell die Lage: Ich trug schwarze Shorts und ein schwarzes T-Shirt, das war schon mal gut. Der Boden unter meinen Füßen war weich und glitschig. Auch gut. Langsam ging ich in die Knie, bohrte meine Finger in den Schlamm, formte zwei Matschkugeln und begann mit ruhigen Bewegungen, meine Beine, meine Arme und zuletzt mein Gesicht damit einzureiben. Als ich in Reichweite einen frischen Kuhfladen erspähte, machte ich in Zeitlupentempo einen Schritt zur Seite und trat mitten hinein. Uäääh. Schmodder quoll zwischen meinen Zehen hoch, denn ich trug nur Trekkingsandalen. Aber jetzt roch ich wenigstens auch nach Auerochse. Zuletzt drehte ich meine Haare zu einem Knoten und steckte als Befestigung einen Ast hinein. Das ergab zwar keine gewaltigen Hörner, aber für ein Kalb konnte ich so vielleicht durchgehen. Ich ließ mich auf alle viere nieder, tat so, als würde ich grasen, und zog mich dabei in die Richtung zurück, aus der ich gekommen war. Okay, ja, ich habe auch leise gemuht. Na und? Es ging um mein Leben!

Ich gab wirklich alles bei dieser Darbietung, aber es reichte nicht. Yksi hielt mich nicht für ein Kalb. Wahrscheinlich hielt sie mich nicht mal mehr für einen Menschen, sondern für irgendein geisteskrankes Zwischenwesen, das zu allem fähig war. Und so beschloss Yksi, mich vorsichtshalber einfach mal zu zertrampeln.

Schaukelnd setzte sie sich in Bewegung, gab Gas und beschleunigte ihr Tempo trotz ihres Körpergewichts in wenigen Sekunden von null auf gefühlte hundert.

Da wurde ich aber auch ganz schnell. Ich sprang auf, schleuderte meinen Rucksack ins Gebüsch und raste im Zickzack durch den Wald. Zum Glück standen die Bäume hier sehr eng, das war ein Vorteil. 800 Kilo Kuh mit Hörnern können zwar ganz schön schnell werden, aber 55 Kilo Lilia mit Stöckchen auf dem Kopf haben eindeutig die bessere Kurvenlage. Und weil Yksi in dem sumpfigen Waldboden mit ihren Klauen immer wieder einsank, während ich mich mit einem Sprung über solche Pfützen retten konnte, hatte ich bald einen guten Vorsprung. Ich wusste, wohin ich wollte – zum nächsten Hochsitz. Wenn ich den erreichen konnte, war ich in Sicherheit. Doch wie sollte ich da hinkommen? Dazu hätte ich die große Wiese vor mir überqueren müssen und auf einer Lichtung ohne Bäume war Yksi im Vorteil. Im freien Lauf war sie einfach schneller als ich. Am Waldrand zögerte ich, ob ich die Lichtung betreten sollte, aber dann erblickte ich dort ein großes, eckiges Gestell aus Stahl mit Rädern. Der Treibewagen! Den hatte ich ganz vergessen und der war die Lösung meines Problems.

Ein Treibewagen ist so eine Art Rinderkäfig auf vier Rädern, aber ohne Boden. Wir brauchen diesen »Laufstall«, wenn eine Kuh krank ist und die Tierärztin sie behandeln muss. Man

lockt oder scheucht das Rind in dieses Mini-Gehege, schließt das Tor und kann sie dort von Nahem betrachten und im Notfall betäuben, um sie zu behandeln.
Blitzschnell schaltete mein Gehirn: Aus diesem Gestell kam doch normalerweise keine Auerochsenkuh raus. Dann konnte Yksi da jetzt auch nicht hinein, denn das Tor war zu. Aber ich konnte rein, ich konnte ja klettern! Das war die Rettung.
Ich raste also auf den Treibewagen zu und Yksi donnerte hinter mir her. Noch ein paar Meter. Yksi war dicht hinter mir. Ich konnte ihren Kuhdunst riechen. Oder war das mein eigener? In letzter Sekunde hechtete ich mit einem gewaltigen Satz über den Zaun und in die Sicherheit des Treibewagens hinein.
Leider blieb ich bei diesem Sprung mit dem Fuß an der obersten Umrandung hängen und krachte unsanft auf den Boden. Mir wurde ganz schlecht vor Schmerz. AUAUAUTSCH! Mein Fußgelenk! Gerade erst geheilt. Jetzt wieder futsch. Das tat so weh!
Wimmernd lag ich da, die Arme über dem Kopf, und wartete auf den Aufprall, wenn Yksi gegen mein fahrbares Gehege donnern würde.
Aber Yksi war nicht doof. Sie stemmte alle vier Beine in den Boden und bremste gerade noch rechtzeitig ab. Dann schüttelte sie schlecht gelaunt ihren Kopf und trabte ein paar Meter weiter. Und dort lag auch das Kalb, im Schatten eines Busches. Es wirkte ganz zufrieden, kein bisschen krank oder verletzt. Was für wunderschöne Augen es hatte! Und was für ein Glück, dass ich nicht über die Wiese zum Hochsitz gerannt war. Yksi hätte all ihre Kräfte mobilisiert, wenn ich direkt auf das Kleine zugerannt wäre. Ich wäre ihr nicht entkommen.

Jetzt stellte sie sich vor ihr Kälbchen, muhte mich an und plötzlich verstand ich Auerochsensprache. »Eine falsche Bewegung und du bist Schaschlik auf meinem Horn!« sollte das heißen, da war kein Zweifel möglich. Sie umrundete meinen Menschenkäfig und man sah ihr an, wie sie überlegte, ob es nicht doch eine Möglichkeit gab, diesen stinkenden Quälgeist darin mit den Klauen in den Erdboden einzuarbeiten.
Leider konnte ich nicht ausschließen, dass diese Möglichkeit existierte. Irgendwie kam mir dieser Zaun plötzlich so zerbrechlich vor, und meine Knochen sowieso.
Der heiße Schmerz in meinem Fußgelenk ließ langsam nach und mein Kopf konnte wieder denken. Da fiel mir eine Studie ein, die Knut neulich erwähnt hatte: Kühe geben mehr Milch, wenn sie klassische Musik hören. Aber sie geben weniger Milch, wenn man ihnen den Song »Herzilein« von den Wildecker Herzbuben vorspielt.
Hmmm, singen? Einen Versuch wäre das wert. Andere Waffen hatte ich gerade nicht. Aber mehr Milch, das bedeutete vermutlich auch mehr Muttergefühle und davon hatte diese Kuh gerade eindeutig genug. Also bloß keine klassische Musik! Weniger Milch, weniger Mama-Instinkt – das konnte vielleicht klappen. Also entschied ich mich für die Herzbuben. Und weil Knut uns das Stück auf unser Bitten und Betteln hin neulich vorgesungen hatte, erinnerte ich mich sogar an den Refrain.
»Herzilein«, sang ich so laut ich konnte. Die Kuh blieb stehen und sah mich an. »Du musst net traurig sein«, fuhr ich fort. Yksi stieß einen tiefen Seufzer aus. »Ich weiß, du bist nit gern allein«, blökte ich weiter. Yksi wich zurück. »Und schuld war doch nuuuuur der Wein.« Sie wandte sich ab und hoppelte so

schnell sie konnte zu ihrem Kalb. Leider hatte ich keine Ahnung, wie der Text weiterging, aber egal, ich wiederholte den Refrain. Wieder. Und wieder. Und noch mal.
Ich befürchtete, mein Gesang würde bei Yksi vielleicht sämtliche Milch zum Versiegen bringen, und das Kalb könnte verhungern. Ich singe nämlich wirklich nicht gut, um es mal freundlich auszudrücken. Aber so war es nicht. Von meinem umzäunten Platz aus konnte ich beobachten, wie das Kalb sich erhob, das Euter seiner Mutter fand und trank. Ich sang leiser und leiser und schließlich verstummte ich ganz.
Als das Kalb fertig war, beachtete Yksi mich nicht mehr. Sie legte sich sogar entspannt neben ihr Kälbchen. In mir keimte die Hoffnung auf, diese Nacht vielleicht doch noch zu überleben.
Dass ich hier wegkommen würde, schloss ich aus. Mein Handy lag in meinem Rucksack irgendwo im Wald. Niemand würde mich vermissen und nach mir suchen, denn alle würden nur denken: Jemawawi. Eigentlich war das ja sogar gut, denn jeder, der mich hier fand, würde in dieselbe Yksi-Falle tappen wie ich. Ich richtete mich also auf eine lange Nacht ein und hoffte, dass Yksi mit dem Kalb im Morgengrauen zur Herde ziehen würde und ich irgendwie bis zum Haus kriechen konnte.

Es dämmerte. Es wurde dunkel. Ich hörte, wie Wellen ans Seeufer schwappten, manchmal quakte eine Ente. Im Wald schrie ein Tier, vielleicht ein Marder oder ein Igel. Aber von meinem Nächten unterm Boot kannte ich inzwischen alle Geräusche der Natur und hatte keine Angst. Mir war nur ein bisschen kalt und mein Fuß tat weh.
Die Angst kam erst zurück, als Yksi plötzlich unruhig wurde.

Ich hörte, wie sie sich erhob, scharrte und schnaubte. Oh nein, dachte ich, bitte keinen Stress in der Dunkelheit. Warum war Yksi plötzlich so unruhig, hatte sie Hunger? Musste sie mal? Oder witterte sie Gefahr? Was, wenn sie sich jetzt an mich heranpirschte und mein Gehege rammte? Sofort sang ich wieder unser Lied. »Herzilein, du musst nit traurig sein.«

Ich sang und sang. Nach einer Weile konnte ich Herzilein nicht mehr ertragen und weil Yksi ganz still war, versuchte ich es zur Abwechslung mal mit »Im Frühtau zu Berge«.

Ich bemerkte bei Yksi keine Veränderung und erweiterte mein Repertoire. Bei »Wir lagen vor Madagaskar« kam sie mir nervöser vor, also suchte ich schnell nach einer einschläfernden Melodie.

»Oh, Tannenbaum« wirkte Wunder! Ich hörte einen Plumps! Juhuu, Yksi hatte sich wieder hingelegt.

Weihnachtslieder also! Ich sang alle, die ich kannte. »Stille Nacht«, »Oh du Fröhliche«, »Morgen kommt der Weihnachtsmann«.

Und was hörte ich? Mampf, mampf, mampf, mampf, Yksi käute wieder. Na, wenn das kein Zeichen für Entspannung war! In dieser glücklichen Stimmung sang ich als letzte Zugabe für Yksi und ihr Kalb mein ganz spezielles Weihnachtslied. »Dschungelbert«.

Ich liebe dieses Lied wie kein anderes, denn es hat eine besondere Geschichte: Als ich in der ersten Klasse war, sprachen wir in der Weihnachtszeit einst im Unterricht über das Christkind. Da fragte unsere Lehrerin: »Wer von euch weiß denn auch etwas über den Weihnachtsmann?«

Tom schnippte aufgeregt mit dem Finger und als er drankam,

sagte er, der Weihnachtsmann habe einen roten Mantel an und sei der beste Freund vom Dschungelbert. Und der sei übrigens grün.
Die Lehrerin stutzte. Von diesem Dschungelbert hatte sie noch nie was gehört. Da stand Klein-Tom auf und sang als Beweis ein Lied. »Dschungelbert, Dschungelbert, klingt's durch Eis und Schnee«, trällerte er. Im Gegensatz zu mir konnte Tom schon immer gut singen. »Morgen kommt der Weihnachtsmann, kommt dort von der Höh'.«
Oh, wie wurde Tom wütend, als die Lehrerin lachte und ihm erklärte, das Lied heiße nicht Dschungelbert, sondern »Jingle Bells« und der Weihnachtsmann habe keinen grünen Freund, sondern nur Rentiere. Tom wollte das einfach nicht glauben. Und weil ich ihn in dieser Situation nicht allein lassen wollte, erklärte ich der erstaunten Lehrerin damals, es gebe sehr wohl einen Dschungelbert, ich wüsste es genau, denn ich hätte es im Lexikon gelesen. Da war sie noch verwunderter, denn ich konnte noch gar nicht lesen.
Ich habe diese kleine Episode Tom gegenüber schon lange nicht mehr erwähnt, weil sie ihm vermutlich peinlich ist, aber seitdem singe ich an Heiligabend unter der Dusche und voller Inbrunst immer das Lied von Dschungelbert. Und gestern im dunklen Wald sang ich es für Yksi.
Sie mochte es. Als ich aufhörte, lag sie ganz still. Man hörte keinen Laut, sie käute nicht einmal mehr wieder. Toll, dachte ich. Was für ein magischer Song!
Plötzlich. Hörte. Ich. Toms Stimme.
Nur ein paar Zentimeter von mir entfernt. Und, viel schlimmer, nur ein paar Meter von Yksi entfernt.

»Ich hatte gehofft, du hättest Dschungelbert längst vergessen«, sagte Tom und lachte.
War der wahnsinnig?
Und dann wurde mir klar: Es war dunkel. Tom konnte Yksi nicht sehen. Er war in Lebensgefahr und wusste es nicht mal. Was folgte, war furchtbar. Ein Schnauben! Ein Beben!! Ein stampfendes Geräusch!!! Yksi war aufgesprungen.
»Tom! ZU MIR! SCHNELL!!! Über den Zaun! Beeil dich, sonst bist du TOOOOOOOOT!«, schrie ich in schriller Hysterie.
Zum Glück gehorchte Tom und kletterte wieselflink in den Treibewagen.
Klonk!!! Yksis Hörner knallten an das Geländer, genau an der Stelle, an der eben noch Tom gestanden hatte. Enttäuscht röhrte die Kuh auf. Sie hätte ihn nur allzu gern zu Hackfleisch getrampelt!
»EY, LILIA, SPINNST DU? WAS IST DENN HIER LOS???«, brüllte Tom mich an.
»Herzilein«, sang ich mit zitternder Stimme, denn jetzt war keine Zeit für Erklärungen, jetzt mussten wir erst mal überleben. »Du musst nit traurig sein!«
Tom stöhnte auf. Yksi auch.
»Ich weiß, du bist nit gern allein«, fuhr ich laut fort. Und dann zischte ich Tom leise zu: »Bitte, vertrau mir, nur dieses eine, einzige Mal. Tom! Sing mit. Das beruhigt sie!«
»Lil!!!« Tom klang verzweifelt.
»Muuuuh«, dröhnte Yksi.
»Und schuld war doch nuuuur der Wein«, trällerte ich.
»Was. Bitte. Soll. Das???«, fragte Tom.

Yksi schlug mit den Hörnern an den Zaun.

»Tom Barker, wenn du jetzt nicht sofort mitsingst, rede ich nie wieder ein Wort mit dir. Weil ich dann nämlich nicht mehr reden kann, so ganz ohne Zähne. Das da neben dir ist eine Auerochsenkuh. Sie hat ein Kalb und sie will nicht mit uns spielen, sie will uns töten. Kapier das doch endlich. Und wenn wir singen, hört sie auf!!!«

Und da endlich kam Bewegung in Tom. »Spatzilein«, sang er mit seiner tiefen Stimme. »Ich werd dir noch einmal verzeihn. Die Hauptsache ist, du kommst heim. So kann nur ein Eeeeeehengel sein.«

»Wow, du kannst ja den Text!«, flüsterte ich.

»Das ist das Lieblingslied meiner Oma«, nuschelte er. Und jetzt sang er den ganzen Song. Einmal. Zweimal. Dreimal. Bis Yksi sich endlich grunzend zurückzog und ich ihm erklären konnte, was passiert war.

Tom machte sich sofort große Sorgen um meinen Knöchel und wollte ihn abtasten.

»Ist nicht so schlimm«, raunzte ich und zog den Fuß aus seiner Reichweite. Nicht wegen der Schmerzen. Sondern wegen der Kuhfladenreste zwischen meinen Zehen.

»Wieso hast du mich gesucht?«, fragte ich, um Tom von meinem Fuß abzulenken.

»Habe ich gar nicht. Ich war mit dem Boot unterwegs vom Campingplatz zurück zum Haus. Ich bin an der Insel entlanggerudert und war gerade auf der Höhe des ersten Bootsstegs, als ich dich singen hörte. Da wollte ich dich ein bisschen erschrecken, habe am Steg angelegt und mich angepirscht.«

»Deswegen war Yksi plötzlich so unruhig! Du, hast du dein

Handy hier?« Ich schöpfte Hoffnung. »Vielleicht können wir Hilfe rufen. Jemanden mit einem Nachtsichtgerät und einem Betäubungsgewehr.«

»Tja. Das Handy ist in meinem Rucksack im Boot«, antwortete er. »Aber selbst wenn wir es hätten – wen könnten wir anrufen? Außer mir hat doch keiner auf der Insel sein Handy an.« Er überlegte. »Du, Lil, ich könnte zum Boot rennen, zum Haus rudern und Hilfe holen. Was hältst du davon?«

»Ach! Ich soll hier sitzen und zuhören, wie du im Dunkeln zertrampelt wirst? Nee, Tom, bitte, bitte nicht! Das halte ich nicht aus.«

»Du riechst irgendwie komisch«, sagte er. Dieser Romantiker! Ausgerechnet jetzt fiel ihm das auf, als ich um sein Leben bangte!!!

»Hallo? Das bin ich nicht. Das ist die Kuh!«, log ich. Und nun fiel mir meine Schlammtarnung ein. Hoffentlich bemerkte er die in der Dunkelheit nicht! Die Mondsichel am Himmel war von Wolken bedeckt und ich konnte gerade mal seine Umrisse erkennen. Vermutlich sah er von mir also auch nicht mehr.

»Uns bleibt jetzt nur noch eine Möglichkeit«, überlegte Tom. »Warten, bis es hell wird, und hoffen, dass uns jemand findet. Und dass derjenige, der uns entdeckt, das auch überlebt. Und dass ihm was einfällt, wie wir hier rauskommen.«

Ich seufzte. Das klang nicht so wahrscheinlich. Außerdem würde Tom mich in meiner ganzen Pracht sehen, sobald die Sonne aufging. Diesen Moment hätte ich ihm gern erspart, und mir sowieso. Trotzdem war ich froh, ihn bei mir zu haben. Wenigstens war ich jetzt nicht mehr allein in dieser Situation und Tom war vor Vicky sicher. Schade, dass ich so schlecht

roch und Schlamm im Gesicht hatte! Sonst hätte ich aus der Situation vielleicht sogar was machen können. Wobei – das konnte ich vielleicht trotzdem. Ich hatte doch für diesen Abend sowieso eine Aussprache mit ihm geplant.
»Du? Tom?«, fragte ich.
»Hmm.«
»Vielleicht sollten wir die Gelegenheit nutzen, um mal zu reden?«
»Boah, Lilia«, stöhnte er auf. »Normalerweise fliehe ich, wenn jemand diesen Satz zu mir sagt.«
»Versuch`s doch!« Ich grinste. Aber dann wurde ich ernst. »Komm, bringen wir's hinter uns. Zwischen uns hakt es doch seit zwei Wochen. Irgendwann müssen wir das klären wie erwachsene Menschen. Wir können doch nicht ewig davor weglaufen.«
»Klar. Von mir aus. Nur ob das jetzt der optimale Moment ist?« Tom war ein bisschen von mir weggerutscht, das hatte ich gehört. Schade, dass ich sein Gesicht nicht sehen konnte.
»Okay, wenn du nicht willst, kein Problem.« Ich verschränkte die Arme vor der Brust, weil ich plötzlich fröstelte.
»Wer sagt, dass ich nicht will?« Jedes seiner Worte hatte Abwehrstacheln. Typisch Mann.
Aber dann klang er plötzlich ganz vergnügt. »Hey, Lil, ich hab's. Ich weiß jetzt, wie wir hier wegkommen.«
»Aha. Und wie?« Eigentlich interessierte mich das gerade nur ganz am Rande.
»Der Treibewagen hat doch Räder. Wir können ihn ins Rollen bringen und uns mit ihm möglichst nah an den Strand arbeiten. Und dann ab ins Boot!«
»Der ist aber ganz schön schwer. Und damit das Teil rollt, muss

vorne jemand die Deichsel anheben. Und außerdem kann ich nur einbeinig schieben.«
»Das schaffen wir schon! Es geht zum Wasser sogar ein bisschen bergab. Du schiebst von innen, ich klettere raus, hebe die Deichsel an und ziehe.«
»Und wenn Yksi kommt?«
»Das höre ich und springe schnell wieder zu dir rein.«
Ich glaube, in diesem Moment hätte er Yksi gesattelt und wäre auf ihr weggeritten, nur um einer Aussprache zu entkommen. Toms Plan funktionierte. Ich stemmte mich mit meinem ganzen Körpergewicht von innen gegen das Geländer, er zog von außen an der Deichsel, und das Teil bewegte sich wirklich. Anfangs musste Tom ein paar Mal schnell in den Treibewagen springen, weil wir Yksi schnauben und stampfen hörten, aber nach einer Weile blieb sie zurück.
Wir bewegten uns Zentimeter für Zentimeter vorwärts und irgendwann waren wir tatsächlich ganz nah am Wasser. Mein Fuß tat so weh, ich konnte kaum noch atmen vor Schmerz.
»Soll ich dich tragen?«, flüsterte Tom, der mein unterdrücktes Schluchzen anscheinend gehört hatte.
»Wage es!«, fauchte ich. Ich humpelte zum See und kletterte selbst ins Boot.
Irgendwie war ich sauer auf ihn. Obwohl unsere Rettung seine Idee gewesen war, fühlte ich kein bisschen Dankbarkeit in mir. Das war jetzt vielleicht die letzte Chance für ein Gespräch gewesen und ich fand es seltsam, dass Tom so gar nicht dazu bereit gewesen war. Klar, Aussprachen sind nicht so seins, aber wenn es darauf ankommt, kann er durchaus ganze Sätze sprechen. Warum dann nicht mit mir? Mit Vicky sitzt er ja auch

nächtelang vorm Haus und redet. Und ich dachte: Vielleicht ist er doch längst mit Vicky zusammen und ich bin mal wieder die Einzige, die das nicht weiß. Aber dann hätte er mir das jetzt sagen können. Sagen müssen! Wann, wenn nicht jetzt? Tom stieß das Boot vom Steg ab und ruderte ein Stück aufs Wasser hinaus. Ich sah nur noch seinen Umriss. Hinter ihm auf dem Festland leuchteten orangefarbene Lichter, die Nachtbeleuchtung des Campingplatzes.

»Können Kühe eigentlich schwimmen?«, fragte er, um das Schweigen zu brechen.

»Klar, aber nur mit Schwimmflügelchen«, schnaubte ich.

»Oh, Mann, Lil, dann reden wir halt. Was willst du mir denn sagen?« Tom zog die Ruder ins Boot.

»Ich? Dir? Nichts.«

»Lilia!«

Ich mochte es nicht, wie er meinen Namen sagte. Mit dieser tiefen Stimme. Das ließ meinen Ärger dahinschmelzen und den brauchte ich gerade zur Aufrechterhaltung meiner Selbstdisziplin.

»Na gut.« Ich holte ganz tief Luft. »Tom, seit der Nacht neulich beim Klassenfest im Wald bist du komisch zu mir. Wahrscheinlich hast du seitdem dauernd Angst, dass ich dich noch mal küssen könnte, und deswegen weichst du mir aus. Ich wollte dir nur sagen: Das musst du nicht. Da besteht keine Gefahr. Ich küsse dich nicht mehr.«

»Nicht?« Er klang nüchtern und sachlich. Eigentlich hatte ich an dieser Stelle auf eine andere Reaktion gehofft. Verzweiflung wäre das Mindeste gewesen! Also war er wohl doch mit Vicky zusammen, oder?

»Nein. Natürlich nicht. Ich küsse keinen, der das nicht will.«
»Oookay.« Er atmete tief ein.
Puuuh. Wie er okay gesagt hatte, das war noch schlimmer als die Sache mit meinem Namen. Das war so umwerfend typisch atemberaubend Tom, dass ich ihn am liebsten schon wieder geküsst hätte. Gleichzeitig hätte ich ihn erwürgen können. Ein bisschen Bedauern hätte da mitschwingen können. Wenigstens das. Aber davon war nichts zu hören. Und sehen konnte ich ihn ja nicht, es war zu dunkel.
Jetzt griff Tom wieder zu den Rudern und ich hörte, wie er sie ins Wasser tauchte.
»Woher weißt du, wo es jetzt langgeht?«, fragte ich ihn.
»Das weiß ich doch gar nicht«, murmelte er zerstreut und ruderte weiter.
»Wie bitte? Das weißt du nicht? Wie kommen wir dann zurück zum Haus?« Ich wollte jetzt nur noch in mein Bett.
»Ach, so hast du das gemeint.« Er lachte leise. »Das ist echt kein Problem. Wenn wir noch ein Stück auf den See rausrudern, sehen wir drüben hinterm Haus das Licht, das immer an der Toilette brennt. Und wenn man da genau darauf zu rudert, landet man am östlichen Steg. Du, sag mal, bist du eigentlich mit Simon zusammen?«
»Hä? Was? Ich? Mit Simon??? Wie kommst du denn darauf?« Ich fiel fast aus dem Boot vor Schreck.
»Ach, nur so, Vicky hat so was gesagt.«
»Vicky!?« Ich war plötzlich ganz müde und kraftlos. »Du lernst es aber echt nicht, oder?«
Wir sprachen kein Wort mehr, bis wir am Steg angelegt hatten. Wasser schwappte leise an unser Boot. Die Bäume rauschten.

Der Himmel war mit Sternen übersät. Oh Mann, es hätte so romantisch sein können, mit Tom ganz allein nachts auf dem See. War es aber nicht. Kein bisschen.

13.00 Uhr Warum behaupten eigentlich immer alle, man müsse miteinander reden? Was soll das bringen?
Nach diesem Gespräch gestern war ich noch mieser drauf als davor. Mühsam kletterte ich mit dem schmerzenden Fuß aus dem Boot.
»Irgendwie riecht es hier immer noch nach Kuh«, murmelte Tom, hievte irgendeinen schweren Gegenstand auf den Steg, vermutlich den Rucksack mit den Einkäufen, und ging an mir vorbei Richtung Haus.
Und da war ich plötzlich so was von genervt und frustriert, ich fühlte mich so dermaßen eklig und schmutzig und klebrig, und ich wollte überhaupt nicht mit Tom rüber zu dem beleuchteten Haus und zu den anderen laufen und mir all die blöden Kommentare über meine Kriegsbemalung und meinen Geruch anhören, also zog ich einfach ganz leise meine Klamotten aus, ließ sie auf den Steg fallen und sprang in den See. Platsch!
»Lilia? Hey? Alles in Ordnung?« Tom klang ganz erschrocken. Ich hörte, wie seine Schritte zurückkehrten, und plötzlich flammte eine Taschenlampe auf.
So ein Mistkerl! Ich hatte gedacht, er hätte kein Licht dabei, aber im Rucksack musste wohl eine Lampe gewesen sein.
»Mach sofort das Licht aus! Ich hab nichts an!«, kreischte ich und tauchte unter. Und dann rieb ich mir unter Wasser erst mal ganz schnell den Schlamm und die Kuhkacke von der Haut.

Tom gehorchte, aber sehr zögernd!
»Was machst du denn da im Wasser?«, fragte er, als ich wieder auftauchte.
»Das ist nur so ein Tipp aus meinem schlauen Buch. Gegen Knöchelverletzungen. So eine Art Ganzkörperkühlung, hemmt Entzündungen und so.«
»Aha.«
»Lass ja das Licht aus! Ich komm jetzt raus.« Vorsichtig kletterte ich die Leiter hoch.
Tom gab keinen Mucks von sich.
»Hast du ein Handtuch?«, fragte ich. Ich bibberte vor Kälte. Ganzkörperkühlung, wie wahr!
»Nee.«
Oh, er war viel näher, als ich gedacht hatte.
»Irgendwas sonst zum Abtrocknen? Ein T-Shirt oder so?«
Ich hörte es rascheln und nach einer Weile reichte Tom mir wortlos ein Stück Stoff, mit dem ich mich abrubbelte. Zuletzt wickelte ich mir den Fetzen als Turban um den Kopf. Dann zog ich mich wieder an.
»Und jetzt?«, fragte er. »Darf ich jetzt mal Licht machen und deinen Fuß sehen?«
»Was soll das bringen?«, fragte ich. »Davon wird er doch auch nicht besser.«
»Jetzt setz dich hin, Mädchen, und zeig mir diesen verdammten Fuß.« Er klang richtig sauer.
Gehorsam ließ ich mich auf den Steg fallen, Tom knipste die Taschenlampe an, betrachtete mein Gelenk und atmete zischend aus. »Das ist ja ganz blau«, murmelte er und runzelte besorgt die Stirn.

»Das war doch klar«, sagte ich. Viel überraschender fand ich die Tatsache, dass sein Oberkörper nackt war. Auf seiner Brust baumelte mein Koru. Ich hatte nicht gewusst, dass er es trug.
»Ey, ist das etwa dein T-Shirt, da auf meinem Kopf?«, fragte ich.
»Ja, was dachtest du denn?« Er betrachtete immer noch meinen Fuß.
»Ich dachte, du hättest vielleicht Klamotten im Boot gehabt. In deinem Rucksack.«
»Nö.« Tom knipste die Lampe wieder aus. »Lil, wir müssen irgendwas mit deinem Fuß machen. Den können wir so nicht lassen. Vielleicht sollte ich dich rüber zu einem Arzt rudern?«
»Jetzt spinn nicht rum, ich kenn das schon. Das Band ist überdehnt und daran kann kein Arzt was ändern. Ich setz mich jetzt noch eine Weile hierhin und lasse den Fuß ins Wasser baumeln, dann schwillt der von selbst wieder ab.«
»Du zitterst ja jetzt schon«, wandte er ein.
»Das ist gleich vorbei.« Ich setzte mich oberhalb der Leiter auf den Steg, stellte den gesunden Fuß auf die oberste Sprosse und tauchte den schmerzenden ins Wasser. »Du musst nicht hierbleiben, geh ruhig schlafen, ich komme klar.«
Natürlich blieb er da, obwohl es mir in diesem Moment wirklich lieber gewesen wäre, wenn ich allein hier hätte sitzen können. Mir dämmerte nämlich so langsam, wie viel Ärger ich mir eingehandelt hatte. Mit diesem Fuß würde ich tagelang nicht einsatzfähig sein, die Hochsitze konnte ich vergessen. Meinen Zusammenstoß mit Yksi konnte ich deswegen garantiert auch nicht verbergen. Und zwischen Tom und mir war überhaupt nichts geklärt. Toll!

»Du zitterst ja immer noch«, stellte Tom fest. Ich schrak aus meinen Gedanken hoch und merkte erst jetzt, wie sehr ich schlotterte.

»Du bestimmt auch, oder?«, fragte ich leise.

»Steht in deinem schlauen Buch vielleicht auch drin, was man machen kann, wenn man in der Wildnis friert?« Er rieb sich mit beiden Händen die Schultern warm.

»Klar. Man stopft sich die Klamotten mit Heu und Blättern aus. Ärmel, Hosenbeine, alles. Dann sieht man zwar aus wie ein Michelinmännchen, aber es wärmt.«

»Und wenn man keine Ärmel und keine Hosenbeine hat?«, fragte Tom und klapperte mit den Zähnen.

»Dann kommt es darauf an, ob man allein oder zu mehreren ist. Wenn man allein ist, gräbt man sich ein Loch in den Boden, legt sich hinein und deckt sich mit Blättern zu.«

»Und wenn man zu zweit ist?«

»Dann teilt man sich die Körperwärme.« Ich sagte das mit fester Stimme. »Eine alte Survivalregel lautet nämlich: Geteilte Wärme ist doppelte Wärme.«

»Oookay. Und wie geht das?«

Uiuiuiui. Er hatte schon wieder okay gesagt! Das machte mich fertig, das trübte mir das Hirn, das machte mich unberechenbar.

»Beim Survival nennt man das Nesting. Normalmenschen sagen Kuscheln dazu.« Ich grinste im Dunkeln, er konnte mich ja nicht sehen.

Eine Weile blieb es still.

»Ooookay«, sagte Tom schließlich. »Entweder wir gehen jetzt rein oder wir probieren das aus. Wenn wir nämlich gar nichts tun, werden wir krank.«

»Alles klar. Probieren wir's aus. Wir sind ja Kumpels.« Ich sagte das, als würde ich täglich mit irgendwelchen Kumpels am Strand kuscheln. Und so beschlossen wir, dieses Nesting einfach mal zu testen. Tom setzte sich hinter mich, legte seine Arme um mich und schmiegte sich an meinen Rücken. Und ich lehnte mich an ihn und hörte seinen Atem an meinem Ohr. Uff. Da war ganz schön viel Tom um mich herum. Wirklich sehr viel Tom. Er roch gut. Ein bisschen nach Zimt. Und er fühlte sich auch so an, wie er roch, wenn so etwas überhaupt möglich ist. Stopp! Ich zwang mich dazu, den Gedanken, wie Tom sich anfühlte, nicht weiter zu verfolgen.
»Ist dir jetzt wärmer?«, fragte ich, nur um irgendwas zu sagen. Man kann ja nicht einfach engumschlungen im Dunkeln sitzen und gar nichts reden.
»Am Bauch schon«, sagte er. »Am Rücken nicht so. Und dir?«
»Viel besser«, sagte ich leise. »Lehn dich doch an den Rucksack, dann hast du von hinten wenigstens einen Windschutz.«
»Nee«, sagte er. »Jetzt nicht.«
Und dann küsste er mich. Hinters Ohr. In den Nacken. Seitlich auf den Hals. Einfach so, ohne mich zu fragen.
Und ich?
Ich zog meinen Fuß aus dem Wasser, drehte mich zu ihm um, tastete nach seinem Gesicht und küsste ihn auch. Auf seine Lippen. Keine Ahnung, woher ich den Mut nahm. Mir war nicht mehr kalt und ich glaube, ihm auch nicht.
Wie lange wir uns da auf dem Steg geküsst haben? Ich weiß es nicht. Ich weiß nicht mal, ob das ein einziger, langer Kuss war oder ganz viele kurze. Ich weiß nur noch, wie sich das anfühlte, nämlich ungefähr so, als würden wir unter Wasser

sinken, immer tiefer und tiefer, und als könnten wir trotzdem noch atmen und hätten überhaupt nichts dagegen, für immer zusammen unterzugehen.
»Du?«, fragte Tom eine Ewigkeit später.
»Hmm?«, fragte ich.
»Sollen wir nicht reingehen? In mein Zimmer? Es ist ja doch irgendwie kalt hier.«
»Hmmm«, brummte ich, um Zeit zu gewinnen. Ich musste erst wieder auftauchen.
»Ich möchte einfach neben dir einschlafen und neben dir aufwachen«, sagte er leise. »Sonst nichts.«
Schwupp, schon war ich wieder untergetaucht. »Ooookay«, sagte ich. Aber dann war da so eine innere Stimme in mir, die mir etwas zuflüsterte. Ausgerechnet jetzt, als ich dafür gar keinen Nerv hatte. Ich glaube, das war mein Gewissen. »Du, Tom, warte mal«, sagte ich leise. »Erst müssen wir reden. Es gibt da was, das ich dir sagen muss.«
Tom sackte ein bisschen in sich zusammen und legte die Stirn auf meine Schulter.
»Tom, ich hab dich angelogen. Das mit dem Nesting eben, das war erfunden. Das steht gar nicht in meinem Buch.« Zum Glück konnte er nicht sehen, wie rot ich wurde, als ich das zugab. Aber ich wollte, dass er die Wahrheit wusste. Ich wollte ihn nicht mit miesen Tricks bezirzen und seine momentane Schwäche ausnutzen.
Tom hob den Kopf. »Lilia?«, fragte er.
»Hmm?«
Ich hätte jetzt zu gern sein Gesicht gesehen? War er wütend? Lachte er?

»Ich weiß das«, flüsterte Tom. »Ich habe das Buch auch gelesen.« Und dann öffnete er den Verschluss des Korus, legte es mir um den Hals, nahm mein Gesicht in beide Hände und küsste mich ganz zart auf die Lippen.

15.30 Uhr Was für eine Nacht! Hand in Hand sind wir nach diesem Kuss zum Haus geschlichen, das ganz still in der Dunkelheit lag. Die Dielen im Flur quietschten, als wir versuchten, Toms Zimmer zu erreichen, ohne ein Geräusch zu machen, aber oben regte sich nichts. Im Zimmer zündete Tom ein Teelicht an und ich konnte endlich sein Gesicht sehen. Er war ganz ernst und hatte wieder diese Augen, in die mein Blick so leicht hineinfällt, wenn ich nicht aufpasse. Er wickelte sein T-Shirt von meinem Kopf, nahm ein Handtuch und rubbelte meine Haare durch. Danach versuchte er, meine wilde Mähne mit allen zehn Fingern durchzukämmen.
»Ich hab leider keinen Föhn«, murmelte er.
»Macht nichts«, sagte ich. »Du hast ja auch keinen Strom.« Er nickte, als hätte ich etwas sehr Kluges gesagt. Irgendwie war er nicht ganz hier auf dieser unserer Welt.
»Tom, du zitterst.«
»Ja«, sagte er.
»Schlafsack?«, fragte ich.
»Schlafsack«, bestätigte er, blieb aber regungslos stehen.
Eben war er noch ganz Herr der Lage gewesen, aber jetzt schien er überfordert. Eben am Steg war alles viel leichter gewesen. Trotzdem, da mussten wir durch. Immerhin war das nicht die erste Nacht, die wir gemeinsam verbrachten. Okay, dann musste ich die Initiative ergreifen.

»Tom, was ist? Willst du reden?«, fragte ich ihn. Das brachte ihn wieder in Schwung.
Er zog den Reißverschluss seines Schlafsackes auf, breitete ihn wie eine Decke über die Matratze und kroch drunter.
»Komm«, sagte er. »Ich wärme dich.«
Es dauerte eine Weile, bis wir alle Arme untergebracht hatten, die wir besaßen. Irgendwie war da immer einer zu viel, egal, wie wir uns aneinanderkuschelten. Aber dann stimmte alles. Meine Nase passte unter sein Ohr, meine Hand lag auf seinem Herzen, mit seinen Füßen wärmte er meine Zehen. Unser Zittern ließ nach und wir wurden ganz ruhig. Ich kuschelte mich noch ein bisschen enger an ihn und meine Augenlider wurden schwer. Es schien mir ganz leicht, jetzt einzuschlafen und morgen neben Tom aufzuwachen.
Aber irgendetwas stimmte plötzlich doch wieder nicht. »Tom?«, fragte ich.
»Hmm?«, brummte er, seine Stimme vibrierte unter meinem Ohr.
»Du wolltest doch neben mir einschlafen.«
»Hmmm!«
»Dazu musst du die Augen zumachen.«
Er nickte, aber er tat es nicht.
»Tom?«
»Jawohl!«
»Augen zu!«
Seine Lider flatterten, aber er ließ die Augen offen. »Ich hab Angst, du könntest verschwinden, wenn ich das tue. So bist du nämlich. Wie ein Glühwürmchen. Immer, wenn man nach denen greifen will, sind sie weg.«

»Nein«, sagte ich leise. »Das kommt dir nur so vor. Glühwürmchen verschwinden auch nicht. Sie machen nur das Licht aus, aber sie sind trotzdem noch da.« Ich löste mich aus seinem Arm, kroch rüber zu seinem Nachttisch und pustete die Kerze aus.
»Lil?«, fragte Tom nach einer Weile.
»Hmm«, brummte ich.
»Bist du da?«
»Merkst du das nicht?« Ich wackelte mit den Zehen.
»Doch. So langsam merke ich das.« Ich fühlte an meiner Stirn, wie er lächelte.

Betreff: Wer mit wem???
Datum: 18.06., 20:15 Uhr
Von: Tom Barker <wolfspfote@gmail.com>
An: Felix von Winning <snert@web.de>

Hi!

Walter hat meine Kamera repariert!!! Keine Ahnung, wie er das geschafft hat, aber ich bin echt froh, dass sie wieder funzt, denn es gibt viele Neuigkeiten, die man besser erzählt als schreibt.

Bye,

TB

Die Kamera zeigt Tom. Er sitzt auf dem Steg des Campingplatzes, hinter ihm sieht man Zelte. Er muss den Apparat auf irgendetwas abgestellt haben, denn das Bild ist ganz ruhig.
»Hi Mister X! Da bin ich wieder«, sagt er und lächelt müde. Unter seinen Augen sind dunkle Schatten.
»Ich habe eine ziemlich harte Nacht hinter mir und ich muss schnell zurück auf die Insel, es gibt da wen, der auf mich war-

tet. Aber ganz schnell doch die wichtigsten News. Erstens. Ich glaube, ich bin jetzt mit Lilia zusammen. Ganz genau weiß man so was bei ihr ja nie, aber falls sie widersprechen sollte, ignoriere ich das einfach und küsse sie trotzdem. Ich habe nämlich heute Nacht herausgefunden, dass es bei ihr grundsätzlich besser ist, auf das zu achten, was sie tut, als auf das, was sie sagt. Und wenigstens weiß einer von uns beiden jetzt genau, was er will. Ich nämlich. Um es mal so zu sagen: Hamburger bekommen mir nicht. Ich will Kugelfisch, ich brauch das, und wenn ich dabei draufgehe!

Er seufzt, reibt sich die Augen und sieht ein bisschen so aus, als würde er die Möglichkeit, bei einer Beziehung mit Lilia draufzugehen, durchaus für realistisch halten. Aber dann lächelt er. Nur ganz kurz. Aber so glücklich wie sonst nie.

»Kommen wir zu zweitens: Heute haben wir darüber abgestimmt, ob Lilia überhaupt hierbleiben darf oder ob sie früher nach Hause fahren soll. Sie hat sich nämlich am Fuß verletzt und ist nicht mehr einsatzfähig. Das war aber kein Problem mehr, als Maiken mit ihr den Job getauscht hat. Lilia darf jetzt mit Helge Infotafeln und Abendprogramme gestalten, dazu braucht sie keinen Fuß, und Maiken sitzt stattdessen auf dem Hochsitz und beobachtet die Auerochsen.«

Tom reibt sich wieder die Augen und gähnt. Er sieht richtig fertig aus. »Sorry«, sagt er. »Ich hatte heute Nacht echt ziemlich wenig Schlaf. Genau genommen gar keinen. Und ich habe eigentlich auch nicht vor, heute Nacht viel zu schlafen. Aber kommen wir zu drittens: Im Team herrscht Liebeschaos. Fritzi turtelt mit Simon rum, Sonja und Harri wurden angeblich gestern händchenhaltend gesehen und Vicky baggert plötzlich Karim an. Und jetzt auch noch Lilia und ich. Maiken sagt, das sei ein ganz normaler gruppendynamischer Prozess, das würde sich irgendwann auch wieder legen. Aber bei mir nicht, das kann ich ausschließen.« Er starrt einen Moment lang aufs Wasser, bis ihm plötzlich die Kamera wieder einfällt. Er sieht auf und spricht weiter. »Jaaaa, ich weiß, was du wissen willst. Nein, da läuft nichts zwischen Maiken und Helge. Gar nichts. Vermutlich hat Maiken ihren Job sogar ganz gern mit Lil getauscht, um Helges Flirtversuchen endlich zu entkommen. So wirkt sie nämlich. Sie hält sich gerade aus allem ziemlich raus, sitzt dauernd irgendwo in der Natur und klimpert auf ihrer Gitarre rum. Du, mir ist da was aufgefallen. Sie hat da Notenblätter, die irgendwie handgeschrieben aussehen, und die Handschrift kommt mir bekannt vor. Aber Maiken will mir die Dinger nicht zeigen. Weißt du zufälligerweise mehr darüber? Hat das vielleicht was mit einem Brief zu tun, den ich ihr neulich überbracht hab?«

Tom grinst sein fiesestes Grinsen. »Na, egal, ich finde schon noch raus, was da los ist. Aber jetzt muss ich erst mal schleunigst auf die Insel zurück, denn ich habe noch einen Brief, der heiß ersehnt wird. Für Lilia, von ihrer kleinen Schwester. Und vielleicht werde ich ja auch heiß ersehnt? Ciao.« Zack. Weg ist das Bild.

Sonntag, 19. Juni

Ende gut, alles gut? Na ja, gut schon, aber zu Ende ist hier gar nichts. Genau genommen fangen die Probleme im Leben mit einem Kuss nämlich erst an. Küssen ist wirklich komplizierter, als man denkt. In Indonesien zum Beispiel muss man eine Geldstrafe bezahlen, wenn man in der Öffentlichkeit küsst. In Hartford im US-Bundesstaat Connecticut darf man sonntags nicht küssen. Und in Wisconsin ist das Küssen in Zügen verboten.

10.17 Uhr Die Kuss-Regeln hier auf der Insel sind ziemlich locker und im Moment küssen Tom und ich uns, wann immer wir uns in die Quere kommen. Das ist oft, dafür sorgen wir schon. Wir müssen einfach eine Menge nachholen.
Zum Glück ist die Insel nicht so dicht besiedelt, da geht das prima. Anbei bemerkt: Ich glaube ja inzwischen, früher war nicht alles besser als heute, ich möchte eigentlich nicht mit Ötzi tauschen und für den Rest meines Lebens so leben wie wir hier auf der Insel. Aber ein paar Vorteile hatten die Menschen früher schon. Sie konnten zum Beispiel viel besser zu zweit allein sein.
Aber keiner kann für den Rest seines Lebens zu zweit allein

sein, früher nicht und heute auch nicht. Und wenn Tom und ich auch gerade auf rosa Wölkchen schweben, können wir doch, wenn wir die Augen mal aufmachen, am Horizont schon ein oder zwei dunklere Wolken erahnen.
Tom tut das zwar nicht, er will davon nichts wissen, aber ich bin da anders. Ich sehe der Realität ins Gesicht.
Eine dieser Wolken ist die Sache mit Vicky. Ich weiß immer noch nicht, wo sie und Tom neulich nachts waren und was die beiden getan haben. Und ich weiß auch nicht, warum Tom gestern am Bootssteg so plötzlich drauflosgeküsst hat. Ich meine, das hätte er doch wirklich auch ein paar Tage früher tun können. Oder ein paar Wochen früher. Warum jetzt?
»Tom«, sagte ich heute. »Erklär mir das bitte mal.«
»Was?«, fragte er mit Unschuldsblick und küsste mich mitten auf den Mund.
»Waf du neulich nachtsch draufen mit Vicky gemacht haft und farum du jetscht mit mir zuschammen schein willst!«, nuschelte ich.
»Ich versteh kein Wort«, sagte er und küsste ganz schnell weiter, bevor ich wieder was sagen konnte.
Wenn er so küsst, verliere ich nicht nur alle Vernunft, dann verliere ich auch mitten im Gespräch den Faden und weiß nicht mehr, was ich eigentlich sagen will und warum.
Maiken sagt: Vielleicht geht mich das ja auch gar nichts an. Tom fragt mich ja auch nicht, was ich mit Jakob gemacht habe. Stimmt. Interessieren würde es mich aber schon. Hmpf.
Vicky ist total auf Abstand zu Tom gegangen, seit er mit mir zusammen ist. Auch wenn sie mich ansieht, ist ihr Blick unbeteiligt und leer, fast so, als hätte sie hinter ihren Augen eine

Jalousie runtergelassen, damit man nicht in ihre Gedanken hineinsehen kann. Oder hat sie vielleicht wirklich keine? Maiken meinte, Vicky könnte gereift sein, aber das schließe ich aus.
Die Sache mit Vicky ist aber nicht das einzige Gewitterwölkchen am Horizont. Ich habe außerdem einen Brief von Rosalie bekommen und die sieht das mit dem Küssen noch enger als die Leute in Connecticut, Wisconsin und Indonesien zusammen.

Liebe Lilia!
Wie geht es dir? Mir geht es gut!
Ich will Niklas jetz doch heiratten. Er ergert Papi nicht mehr. Er hat mit ihm sogar ein Akwarium für ganz viele Goltfische gebaut. Mit einem Totenkopf drin, durch den die Fische schwimmen können. Wir behalten die Fische nämlich. Das sind jetzt unsere.
Wann kommst du wieda? Ich will dir was erzählen. Von Flocke und Dana. Ich glaube, die knudschen. Wie findest du das? Ich finde es eklich.

Deine
Rosalie Kirsch

Danke

Ohne die Hilfe meiner beiden Töchter hätte ich dieses Buch nicht schreiben können. Danke für eure Ideen, eure Kritik und vor allem für eure Geduld!
Für die gute Zusammenarbeit möchte ich meiner Agentin Anja Koeseling und meiner Lektorin Linde Müller-Siepen danken.
Meine Testleserinnen Mona, Maria und Cornelia Hermanns haben in diesem Buch Fehler ausgemerzt und mir viele Anregungen gegeben. Wichtige Infos über Auerochsen beziehungsweise Heckrinder habe ich von Martin Hertlein, Margret Bunzel-Drüke und Otto Kahm erhalten. Vielen Dank an alle! Herrn Hertlein danke ich ganz besonders für den interessanten Besuch bei seiner Herde.
Schwung, Mut und Inspiration erhielt ich von den Kolleginnen und Kollegen aus dem Internetforum »Schreibwelt«. Von Kari stammt die Idee mit den finnischen Zahlen, die sie mir geschenkt hat. Danke!

Ein Survivalbuch mit dem Titel »Menschen sind auch nur Natur« gibt es übrigens nicht. Falls es jemand schreiben möchte, habe ich nichts dagegen.

 **Mara Andeck** wurde 1967 geboren. Sie hat Journalismus und Biologie studiert, volontierte beim WDR und arbeitet heute als Wissenschaftsjournalistin und Autorin. Sie lebt mit ihrem Mann, zwei Töchtern und einem Hund in einem kleinen Dorf bei Stuttgart. *Wer liebt mich und wenn nicht, warum?* ist ihr zweites Jugendbuch und die Fortsetzung ihres witzigen Tagebuchromans *Wen küss ich und wenn ja, wie viele?* Der dritte Band der lustig-chaotischen Geschichte rund um Lilia und Tom ist in Vorbereitung.

Sechzehn und ungeküsst

Mara Andeck
WEN KÜSS ICH UND
WENN JA, WIE VIELE?
Lilias Tagebuch
240 Seiten
mit zahlreichen
Abbildungen
ISBN 978-3-414-82350-2

Lilia hat es satt! Da sitzt sie nun an ihrem 16. Geburtstag – die erhoffte Überraschungsparty ist nicht in Sicht, die nächste Klassenarbeit droht, aber das Schlimmste: Lilia hat noch nie einen Jungen geküsst. Das muss sich ändern! Da passt es gut, dass Lilia sowieso gerade damit beschäftigt ist, ihr Bioreferat zum Thema »Balzverhalten im Tierreich« vorzubereiten. Immerhin sind Menschen auch nur Säugetiere. Und so beschließt sie kurzerhand, ihr neues Wissen einfach auf ihr eigenes Liebesleben anzuwenden ... Ziel des Ganzen: Am Ende will Lilia küssen – und zwar unbedingt den Richtigen!

Boje

Für immer und ewig

Jodi Picoult / Samantha van Leer
MEIN HERZ ZWISCHEN DEN ZEILEN
Aus dem amerikanischen Englisch von
Katharina Förs, Christa Prummer-Lehmair
288 Seiten
mit zahlreichen Abbildungen
ISBN 978-3-414-82365-6

»Hilf mir!« Delilah kann es nicht fassen, als sie diese Nachricht in ihrem Lieblingsbuch findet. Oliver, der gut aussehende Held der Geschichte, hat diese Worte extra für sie in den Felsen geritzt. Zuerst hält sie sich für verrückt, doch schnell stellen Delilah und Oliver fest, dass sie über die Grenzen der Buchseiten hinweg miteinander sprechen können. Oliver vertraut Delilah an, dass er raus möchte aus seiner Buchwelt. Und das liegt auch an Delilah, die er zu gerne küssen würde ... Delilah ist begeistert von der Idee, hat sie sich doch längst in Oliver verguckt. Aber wie sollen sie es schaffen, die Grenzen zwischen ihren Welten zu überwinden?

Boje